U0114426

現代小說 10

黑白情緣

露西 著

博客思出版社

序

這是兩代人的故事。不同的男人和不同的女人，被命運不約而合地糾纏在一起。

她在一個父親有黑社會背景的家庭中長大，一直想要逃離這樣的家。她漂亮，但輸在沒有什麼心機，不會為自己的人生把脈，掉入了感情的漩渦中，苦苦掙扎。

從上一輩人的人生遭際中，她看到了因走近法律所帶來的風險。她不想走前輩

的路，卻不知不覺又靠近了法律。她本想幫助朋友通過法律得到救援，卻沒想到把朋友帶向法律的黑洞邊緣。她發現自己幾近成了幫兇，為什麼是這樣？她努力尋找答案。

她先後認識兩個男人，帶給了她意想不到的兩種結果。她把生活的希望壓縮到只要有房住有男人陪就可滿足，但夢想和現實不能達成一致，她所看到的世界在走樣。

世道就怕看清，等她看清時，只剩下記憶中的歌聲在飛揚。

露西

contents

目錄

第一章　行走郊野

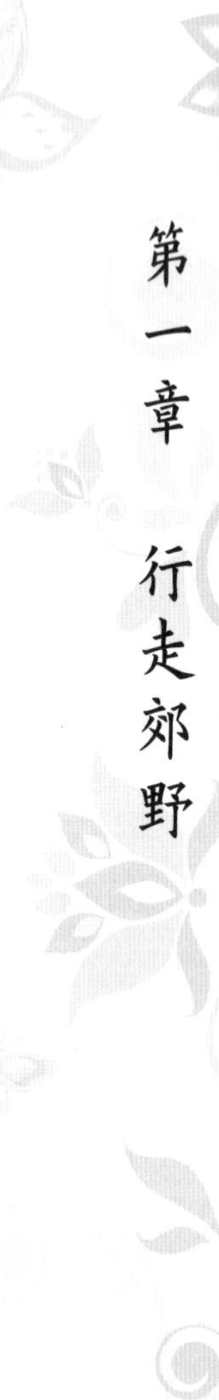

她在穿行，青蔥勃發的身影霑滿了早春的濕氣，忽明忽暗地在街頭躍動

這是一個週末，晨陽斜照在街道上。大道兩邊一字排開的店舖，門口的鐵閘在陸續打開。

早餐她只吃了半個吞拿魚包，便沒有了食慾，走過一個個食肆，抵擋住了葷食套餐和優惠料理的誘惑。她在街道上疾步穿行，濃密的頭髮梳出的馬尾辮，拽動著穿著牛仔褲的身姿擺動起來。她不喜歡自己的家，一有機會就想著逃離。家中的爭吵聲轟炸機似地在室

內炸響，她會感到窒息離自己只有一步遠。

她姓白，她很喜歡自己的姓，好聽還好寫，只是那些白色，但凡美好，於她似乎都遙不可及，白月光，白玫瑰，白雲，白雪，那都是別的女孩子夢想中的天空和花園。

她走路一向很快，被甜嬸視為不夠淑女，再加上不時補上一句「蠢豬」，這種數落聲似乎防礙了她的生長。她十七歲時，便不再長個子了，定位在一米六四，做夢也不再踩空，長勁落在了閨蜜絲曼的後面。被人否定的感受如芒在背，她嘗夠了彼此看不慣的人卻偏偏日夜都要面對的煎熬。她想表達不滿，在甜嬸怒斥「竟敢駁嘴」前，只能咬著嘴皮不敢吱聲。

如果不是絲曼提醒說你四肢修長，美腿靚頸，是做模特兒的材料，她還不知道自己在外人眼裡還不是那麼糟糕。

她的家中，父母和兄長，原本好端端的，大家都有名有姓，不知怎麼，外人都管他們膠叔、甜嬸、堅哥這麼一通叫，令她打記事起就在心裏也隨之這樣沒大沒小地稱呼他們。似乎只有這樣不禮貌對待他們，她心中的憋屈才出得來，不然內心堵得慌。

她不知道這是否叫做惡劣的生存環境，只知道這樣的家，自己不止一次想逃離。

今早趁甜嬸照例約了三朋六友去茶樓喝早茶之際，她悄悄動用了甜嬸的化妝箱。對她來說，身體剛剛成熟，愛美的意識強烈起來。那個化妝箱好像是甜嬸不經意地隨處一放，又好像是精心擺放，在梳妝檯左側的一個水晶天鵝擺件的下端。

她想看看自己抹了眼影的眼睛會變大還是眼眶會加深，只可惜兩手不配合，打開後的化妝箱，滑落在地，摔壞了盒中一個橢圓型的鏡子。許多破碎的自己在鏡中瞧着她。

絳紅色的化妝箱精巧別緻，香木材質，經這麼一摔，把裡面收藏格的粉餅、眼影都震在了一起。

她看見了一張折疊的黑色粗字體的房產證的紙本，還看到了摔開的化妝箱內鐫刻著一首古體詩，字體雋秀。她匆匆瞄了一眼，看到一句「胭脂盒扣此生緣」。她能夠猜得出這是甜嬸的寶物，上面寫的是什麼意思，她來不及多想，雙手一陣忙亂後，第一個想到的是逃離。

穿梭在鬧市區，她看到了蜷縮在街角邊上的兩個露宿者，心想：沒地方睡覺的人和有地方卻睡不安穩的人，誰比誰更可憐？

「長眼沒有？」一個年輕女子粗鄙的聲線，生硬地衝撞她的聽覺，隨即眼前一條青龍刺青的男子的手臂，從她眼前晃過。她意識到自己正從一對情侶的兩臂中間穿插而過。神思漫遊中的她走的是直線，容易衝撞人。

那男子戴著墨鏡還回頭看了她一眼，而她沒有心思去在乎她所擔心的事情之外的東西，只顧急急地走。

她斜挎一個印有波絲貓圖案的帆布包，走進路邊的一家便利店。走出時，袋內多裝了兩盒椰汁。

這時，她的神思在茫茫然中遊蕩一遍之後，又遊了回來：逃往哪裡才不容易被甜嬸找到？

上次，甜嬸像拎落湯雞一樣，在雨中把她從一處新架好的橋頭的橫樑上連哭帶罵拉回了家，她的心一直濕著，找不到陽光來烘乾。父母的打罵聲把她的笑容打飛了，她的臉上聚集不了喜色，老師同學都笑她是冷面孔。

她想去郊外，找一個安靜的地方，和樹木花草相處，聽不到罵聲，她下意識地用手伸入袋內去觸摸了一下錢包，確定裡面有她足夠的車資後，朝著一個小巴站走去。

今年的復活節，她坐上好友絲曼爸爸的私家車，和絲曼一家人一起去郊外吃燒烤。她的家裡也有私家車，但成了膠叔的專用品，用它載著他所喜愛的女人的歡聲笑語去了。

絲曼是她從小學到中學的閨蜜，葦雨最缺失的家庭溫暖，絲曼完整地擁有了。絲曼爸爸把燒烤好的羊肉、鵝肝、金槍魚肉用餐具刀七切八卸，一小塊一小塊夾進絲曼的紙盤中。絲曼說的在她十一歲時還要爸爸幫忙穿衣洗澡，看來一點都不假。

看著絲曼這樣被父母寵愛，她的腦海浮現的是被自己父母打罵的場面，膠叔酒後落手，會推她的頭去撞牆。想到這裡，她的眼中不由泛動著淚影。

她和絲曼還有一個不同之處，絲曼喜歡張揚她的父親的職業是一家大型商場的主管，而自己的父親是做什麼工作的？她向來用吱吱唔唔來回應。她還領會不到良好的家庭背景是成長中的底氣，只知道不是每個父親的職業都是可以用來炫耀的。

她的家人彼此之間，不知從何時又因何故遺傳了變異基因似地，互相看不順眼，都是除了自己恨不得其他三個人不得好活的四人組合，澎湃洶湧的厭煩情緒說來就來，典型的窩裏橫。

她最小最弱，是家人容易揑來掐去的軟柿子。膠叔在外如果混得不順心，便會對甜嬸動粗；甜嬸受了委屈，便會對堅哥罵街；堅哥當面是個悶罐子，可一轉身會煤氣罐洩漏般找她來解氣，如此惡性循環，至親之間怨成了冤家。

四個人聚不得又似乎暫時還難以離得了。在這個樓價能抵身價的寸土尺金之地，誰都不是少了軟件就是缺了硬件，難以獨立門戶，表面上還需要迎合社會中家庭的鴛儔鳳侶，以及父子妻女的基本架構形式。不得已，四人還得委身擠在同一屋簷下，相互依存著活下去，又互不相讓地敵視下去。

室內的爭執，把許多的好事，擋在了門外。膠叔醉臥花叢把手頭的銀兩散盡，甜嬸在外面打麻將總是手氣不佳，而堅哥不事正業，成天問的是住的這套房屋升值了多少，氣得膠叔圓眼怒瞪，說只要你老爸在，休想打這套房屋的主意。

她鬱鬱的情緒累積多了，累積成心理障礙。她喜歡躲開人群，在學校不喜歡與人溝通，被同學疏遠孤立。坐在她身後的男生欺負她，趁上課時在她馬尾辮上，悄悄貼了一張大大的心型貼紙。她竟然把馬尾辮一甩一搖地從一排同學的視線中走過，被兩個平時關係不好的女生用嬉笑的神情注視了一輪。等她發現時，已走出了校門，眼淚汪汪的她尷尬得想哭。在一個拐彎處，她看到班上被她叫做水筆仔的男生幫她出了氣。他用力把坐在她身後的那個猴似的男生掀倒在地，並伸出拳頭警告：「再欺負女生，小心我揍你！」他表現出的是武俠小說中的英雄氣概。就這麼，水筆仔進入了她的視線中。

水筆仔身型高眺，長得像當紅的歌星阿R。他彈得一手好吉他，在學校聯誼會上，他用吉他常彈唱阿R唱紅了的歌曲。

她喜歡看他一曲彈畢後一甩頭髮的動作，斜梳的瀏海髮絲飄揚出一種小小的得意之情，不知醉到了多少女生，葦雨也在其中。有一天小息時，他直接地走到她的課桌前，放了一隻藍色螢光筆在她的筆袋裡，順便又從筆袋裡取走一隻粉紅色的圓珠筆。這個小動作的意思，她很快明白過來，年少的她是那麼需要關懷需要愛，情感很容易被觸動。

只是不久他離開了學校。他在學校悄悄販售香菸，被校方知道後責令去了訓導主任辦公室。不知怎麼，他和訓導主任發生了肢體衝突，原因說法不一，沒過多久他就離開了學校。

想到這裡，她不由吁了一口氣。

她總覺得自己不快樂。有人說只要樂觀去生活，就能快樂起來，她覺得這是不可能的事情，人不快樂了，怎麼樂觀呢？

絲曼有個遠方親戚通巫術，經常把聽來的有關巫婆的故事講給葦雨聽，還說學巫術可以學到神奇的腹語。

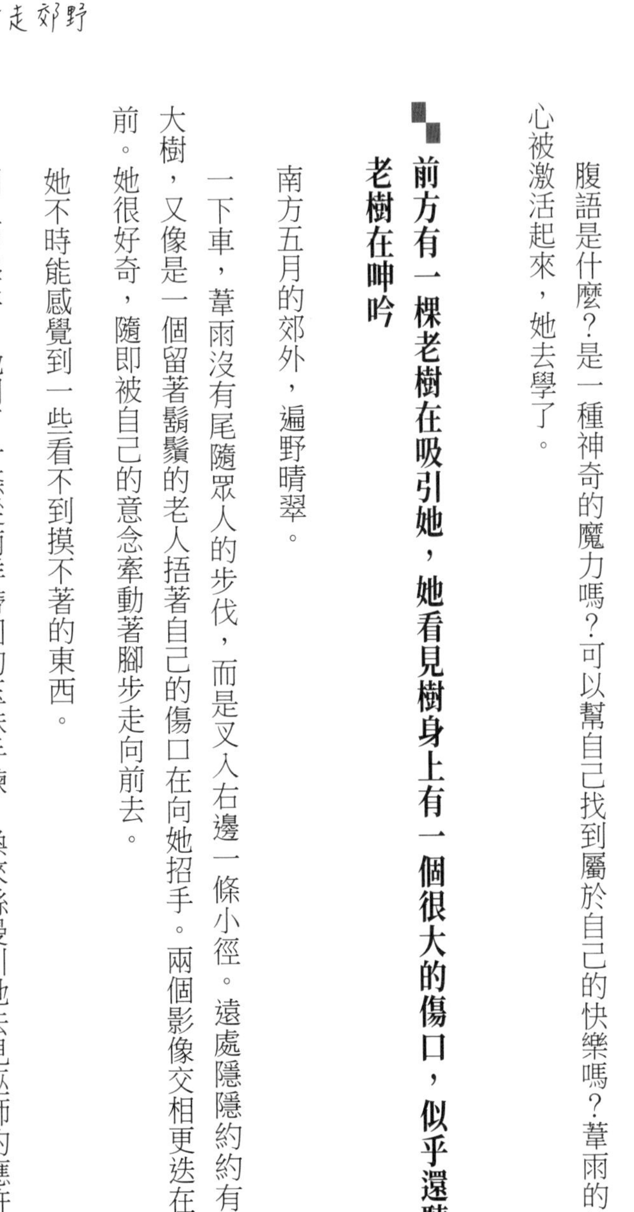

腹語是什麼？是一種神奇的魔力嗎？可以幫自己找到屬於自己的快樂嗎？葦雨的好奇心被激活起來，她去學了。

前方有一棵老樹在吸引她，她看見樹身上有一個很大的傷口，似乎還聽到老樹在呻吟

南方五月的郊外，遍野晴翠。

一下車，葦雨沒有尾隨眾人的步伐，而是又入右邊一條小徑。遠處隱隱約約有一棵大樹，又像是一個留著鬍鬚的老人捂著自己的傷口在向她招手。兩個影像交相更迭在她眼前。她很好奇，隨即被自己的意念牽動著腳步走向前去。

她不時能感覺到一些看不到摸不著的東西。

剛上中學時，她用了一條從南洋帶回的玉珠手鍊，換來絲曼引她去見巫師的應許。不知出於什麼考慮，絲曼只給了她一條舊街道名，竟然也被她找到了。她以為巫師都是遠離鬧市區外，沒想到沿著一條街道七拐八彎，也可尋到巫師的蹤跡。

巫師筍尖般的手指似乎佈滿了術語，在她眼前輕揮曼舞，能把手背上的一隻羽毛斑斕的翠鳥，在翻手覆掌之間，變成手心裏剩下一根羽毛。這莫測中的變幻，把她迷惑得憋紅了臉，幾乎不能呼吸。

只是那年十三歲的她，開悟遲緩，用巫師的話來說，靈性淺。自信心一受挫，她的好奇心便隨之一閃而過，還未學通就中途放棄了。

「哎呀！」眼前有一隻蜘蛛從身邊橫斜的樹枝上垂落下來，絲不斷，在空中蕩來蕩去，葦雨差點撞上，被她看見而避開。

自從悄悄學過巫術，好像有一道符上了身，她原本散光的眼睛恢復了正常，竟然不用去配眼鏡了，而且還能細察如微。甜嬸收起準備為她配眼鏡的錢，對著她的兩眼左看右看也看不出原由。生活中的一些疑雲霧障，繚繞成謎，不是誰能夠解釋得了的。

她覺得每個人身上都有巫術，膠叔用暴力，甜嬸用謾罵，勇哥用冷血，使出來都是對別人的懲戒。她希望自己的巫術可以用來保護自己，不受傷害。

踏過一個熱風浮動的小山坡，來到大樹前，她看見樹下一位白髮老者的背影。老人雙手合十祈禱完後，在烈日下晃動著腳步，從樹旁的一條叉道離去。

老人一頭蒼蒼白髮，身體像是被甚麼東西鉗制著，步態顯得有些僵硬。

她站在老樹下，看到樹幹中央有一個幾乎佔據大半個樹面的樹洞。洞口周圍被幾株幼小的枝芽，連同一些攀援而來的藤蔓虛掩著，像是老樹的傷口，裂開和人一樣的憂傷。在那粗壯的樹幹上，佈滿粗糙的樹皮，從樹皮一道道的裂紋上，她能看到似有若無的字符。

這時，一隻松鼠從樹梢上一滑溜，竄入了洞裏。

她俯身拾起幾顆石子兒往樹洞裡扔，想把松鼠轟出來。洞口隨樹身有些傾斜，要投入石子兒並不容易。「小心，有人。」有聲音從樹後的枝隙間傳來。老樹後面有一條從不遠處的水塘旁延伸上來的小路。隨著音落，走上來一個提著透明大塑膠瓶的少年。

少年看上去和葦雨差不多的年齡，汲著一雙塑膠拖鞋，鞋上邊沾上了濕漉漉的泥土。少年身上銀色網眼的夏日運動短裝的正中有一個帶K的字母，令葦雨的目光忍不住停留了一下，因為她穿的杏色短衫上有個OK的字母。「你在幹什麼？」少年問話時，臉上展現的一輪笑，蕩動著光滑面龐上閃爍著的汗水。「我想讓松鼠出來。」她還想扔石子兒。「別犯傻了，樹身的洞口可能是相通的，說不定牠從樹側另一個洞口爬出了。」少年笑時，左頰上現出一個深深的笑窩。

「蟲！」她的音量突然加大，因看到了少年提著的瓶裏，爬滿了許多蠕動著的無脊椎動物，還有蛤蟆。「那肉綿綿的蟲叫什麼？」「蝴蝶蟲。」「捉它們來幹什麼？」「吃。」

少年看著葦雨，如同看著一個披著晨霧還沒睡醒的女生。「你吃？」她很好奇地問。「誰說我吃了，給蟒蛇吃。」見她一乍一驚的樣子，少年又笑了，說是舅父養的蟒蛇，自己只是週末來幫手捕些蟒蛇吃的食物。

少年放下瓶子，在草地上蹭了蹭拖鞋上的泥，然後在一塊石頭上坐下，沒有馬上離開的意思。他看了看眼前這個矮他半個頭的女生，自我介紹起來。他姓湯，叫湯保志。他剪得像杯蓋一樣的髮式，連著一個型狀渾圓的頭，讓葦雨產生了聯想。

「湯包子？叫你湯包吧！哈哈……」她長久無波無痕的臉上泛起了笑意。樹葉間篩下的陽光在她面孔上晃悠。她開始介紹自己：「我姓白，叫葦雨。」「你的名字很好聽，讓人想到……」湯包故作神秘，不把話說完。

春雨？蓮葉？綠舟？見湯包抓耳撓頭的憨態，葦雨連忙問：「想到了什麼？」誰知他說：「想到了水蛇，哈哈……」湯包笑時，年少的臉上吸足了陽光，閃耀著光亮，那左頰上的笑窩很有感染力。「你這個壞湯包……」葦雨找不到更好的說詞，用容易害羞的女生特有的嗔怪去回應。眼前的男生和她班上的水筆仔有點掛相，都有明亮的眼睛，都是一頭濃密的頭髮。

野外天雲地木地鋪就出暖融融的感覺，供倆人漫無邊際地聊著。

這時，飛來一對鳥兒，在樹上唱著清脆的歌兒。「這是雄鳥。」湯包指著那隻有著紅翎的小鳥，說：「鳥類世界，都是雄性的好看。」「雄鳥是公的還是母的？」女生的思維模式就是喜歡自己逗著自己不斷繞彎彎。一聽葦雨問出這麼一個問題，湯包笑起來，說「我的天，還好，你沒問是男的還是女的，鳥類分雌雄呀。」「有什麼好笑的，不就比我懂得鳥分雌雄嘛！」葦雨邊說邊從袋中取出一盒椰汁遞給湯包。

「我還懂得即興創作詩。」湯包聽葦雨這麼一說，再平常不過的一句話都去理解成讚美，於是表現慾就來了。年少的輕狂不翼而至，擼擼袖子豪情就可高漲起來，況且他第一次看到一個漂亮女生雙目放光地看著自己。

天藍藍呀路彎彎，
花兒朵朵開路邊。
樹下有你還有我，
下次再來這裡玩。

「這也是詩？」葦雨被湯包讀詩時搞笑的表情一逗，嘴中的飲料便不受控制地噴了出來，恰巧噴在湯包臉上，他擠眉皺鼻的樣子更令她覺得好笑，隨著笑聲，臉上慢慢浸潤出喜色。「這是什麼詩？」葦雨邊問邊遞出紙巾給湯包。「七律，每一行七個字。」湯包回答時很認真。葦雨再不會寫詩，也知道七律講韻律。

「我中文不好，反正長大後又不去當老師。」好在湯包自知之明，他不過是想加深自己在葦雨心目中的印象而已。「那當什麼？」葦雨問。湯包不假思索地答：「廚師，當海鮮舫上的廚師。」海鮮舫，那是名人富豪的聚集地。他在想，說不定什麼時候他會在船上為偶像阿R送上自已一手烹製的美食呢。

一陣山風吹來，湯包側頭看著葦雨被風吹動的一綹髮絲拂掃著清麗的面孔，一種油然而生的好感，像一尾船駛入了內心的水域，恨不能把自己的全部才藝表現出來。

「我唱一首歌給你聽。」說完，清了清嗓子，唱了起來：

「Down the road I look, and there It's good to touch the green, green grass of home......」

他唱的是英文歌，優美的曲子中飄蕩著淡淡的憂傷。這是他的舅父哼唱了多年的歌。

在歌聲中，葦雨腦海中閃現出一個在泥濘路上奔跑的少年，那少年瘦瘦高高的，像是水筆仔。他離開了學校。他說過什麼時候他要為她唱歌，那有多好啊！可是她只等到了送他走出校門的那一天，自己身上具有的勇氣，直接挑戰其他女生驚異的視線。

這一唱，唱得四野和風徐徐，把葦雨堵在心中的苦澀化解了。「我想聽聽你的歌聲。」湯包期待地看著她。她沒有猶豫，有首歌的旋律已在心中響起，她清了清嗓子，唱起了水筆仔彈唱過的歌曲：

你站得那麼遙遠，
站成了我的彼岸，
我內心蕩漾著期盼。
一往情深，日夜想念，
朝著你的方向揚帆。
白霧茫茫的海面，
瞬息萬變，
始終難以靠近，
難以靠近你的呼喚……

她邊唱邊仰望眼前的大樹，突然間停住了。「怎麼不唱了？」湯包被好聽的歌曲牽動著。「我看到了樹上的傷口。」葦雨答非所問，其實是她忘了後面的歌詞了，同時想起了水筆仔，不知道如何把內心的憂鬱表達出來。「傷口？」湯包順著葦雨的視線看到了樹洞。

奇怪，是樹洞，為什麼說是傷口？「是傷口，樹很痛。」葦雨堅持這麼說。

「很玄，你是不是長了天眼？」湯包說他舅父的村子裏就有一個長了天眼的阿婆，以前不認字，被高人在頭頂上施法後，不僅會認字還能背詩，聽說這叫開了竅，長了天眼，能看見常人看不見的東西。「阿婆還能預測許多東西。」湯包特意強調。

見葦雨聽得很入迷，湯包繼續說著阿婆的故事。湯包的舅父家養的蟒蛇，阿婆說可以降妖，這世上一物降一物。很準，在一次十號颱風中，村裏的許多樹木都被刮倒，湯包舅父門前的兩棵杧果樹在強風中勁立。

「阿婆甚至還能預測自己什麼時候離開這個世界。」湯包說：「等她走的那天，我帶你去看看準不準。」「有這麼神奇嗎？」葦雨半信半疑，眼睛望向樹洞。用手指捋了捋被風吹亂的頭髮，繼續問：「這是什麼樹？」

湯包說這樹叫水芒，是他舅父搬來這裡住時就有了的。「洞裏好像有東西。」葦雨的神思又轉往樹洞。「說不定裡面藏有什麼秘密。」湯包順著葦雨的話，補充說。「你也這麼在想？」似乎自己的想法被人認可，葦雨顯得有些興奮，一雙清澈又帶著一些憂鬱的雙眼中，想收納自己知道的奇山秀水。

這時樹上傳來窸窸窣窣的聲響，好奇心令葦雨忍不住站起來，走近樹幹。棕黑色的樹皮，在風浸雨蝕中炸裂，一道道堅硬的邊緣呈鋸齒狀，粗糙得可割破手。

洞口比她高出一個頭，她踩著壘石，想撥開洞口的一些枝蔓，正在想會不會有蛇？有松鼠從洞裏躥出，嚇得她發出啊地一聲。「我來。」湯包借助於過了一米七五的個頭，頭往洞口探，再把手上夾昆蟲用的金屬鉗子伸進樹洞裡。

「裡面好像是一些紙張紙袋之類的東西。」

「把最上面的兩個都取出來看看。」葦雨的眼睛緊盯著湯包的手說。

隨著湯包的鉗子的起落，兩個牛皮信封落到了葦雨手上。她用手掂了掂，似乎不止是一兩張紙的重量。一個信封是新的，像是才放去的，一個有些潮濕，封面上都寫著一個字：寄。

寄給誰？裡面寫的是什麼？葦雨看著從樹洞裏取出的故事，隱隱覺得洞內塞滿了傷痛。她拆開信封，內容都是一樣的。藍色條紋紙上寫滿藍色的字跡。

「好奇怪，為什麼要重複寫？為什麼要放進樹洞？」葦雨問。她想起之前看到的老者的背影。湯包搖了搖頭。想知道的東西越多，疑問就越大。

「二十五前，那時的我二十六歲……」葦雨把開頭兩句讀出聲來，接著不作聲，默默地看了起來。

兩個少年靠近，好奇心使然，在午後陽光斑駁的樹陰下，看著一行行工整的字體，讀著他們想要知道的故事。

樹洞裏的秘密，與他們只有一臂之遠

「有一天看了一組尋根訪祖的專題報道，我突發奇想，回一次鄉下。故土葬著我日思夜想的母親。

我帶著新婚不久的妻子，踏上了回故鄉的路，想去母親墳頭燒香添土。想不到禍從天降，剛過關，就被捕了，罪名是涉嫌從事破壞活動的特務。手上最值錢的防水精工錶被沒收了，這是妻子送給我的定情物，它被認定為特務作案工具……」

讀到這裡，湯包從筆跡到內容已猜測出是他舅父的故事。

湯包的舅父人稱禾叔，在他七歲的時候離開母親。母親留在禾叔記憶中的永遠是一張朦朧的清瘦面容。年幼的他們還不知道時局驟變，許多人都走在逃亡的路上。那是月稀天黑的夜晚，母親用兩根金條換來了救生通道，匆忙把他和弟弟送上了一條小船，去河對岸尋找他們的父親。隨行的還有兩個年齡比禾叔大兩三歲的丫環。母親說等她處理好家裏的一些事，很快會來和他們相聚。從此，一條河域隔開了親情。他們沒有等來母親，來不及出逃的母親就在那一年，以了斷自己性命的方式，和兄弟倆天人永隔。

「看到妻子哭著離去的背影，我心如刀絞。後來才知道，自己的名字早已記錄在案，陷害我的人竟然是一個人稱吳家仔的同鄉。他幹了壞事，為了脫罪，便往別人身上栽贓，我成為替罪羊。無論我如何喊冤，還是被判了五年徒刑。換上囚衣，我被關進了看守所……」

湯包一直低頭看，在長輩的經歷中獵奇。

禾叔是孤獨的，出獄後，一直沉默寡言，成了眾人眼中啞巴似的人物。禾叔曾經是中學教師，入獄後，好心的同事幫他保留著職位，只是他出獄後，無意再重新入行，借這邊風景區的名氣，開了一家小餐廳，請人幫忙打理，再加上有一半房屋出租的租金，足夠維持日常生活開銷。禾叔經常去的地方就是教堂，尋求靈魂的歸依。曾經的苦痛大，需要不斷用文字療傷。

「在接受審查時，心情煩亂的我胡亂認罪，以圖早日上山……」禾叔用文字娓娓訴說。

「什麼叫上山？」葦雨抬頭看了看遠方罩在雲嵐中黛色的山巒問。湯包發揮自己的理解能力，回應：「可能是上山開荒吧！」成人世界實在是太殘酷了，殘酷得令年少的他們在許多地方無法理解。

文字中記述，囚室中關押了八人，地板當床，夜躺日對著墻角的一個馬桶。每個囚犯的名字都被囚衣上的編號所代替，生命都被面如死灰的絕望所侵吞。旁邊有一個鬍子拉碴的老者對著戴著眼鏡的禾叔，把話切成一小塊一小塊地說：「讀書人，認罪，到勞改場，上山，才是上策。」沒過幾天，老者便被押出牢房。在廣播中，禾叔聽到了對他執行的是死刑。一個生命的消失，如同一陣風，生和死的距離，只不過一步之遙。一獄室的人，一連好幾天沒人說話，誰都不知道下一個被喊出門的人是誰。

「常常感到飢餓，剛吃完了飯，一站起身，肚子似乎又空了起來。什麼時候可以吃到嘉頓麵包和太平餅乾呢？每天的光陰都白白在浪費。痛苦和思念都是個人的事情。我沒有罪，卻成了犯人……」

兩個少年跳躍性地讀閱著，讀到了他們感到新鮮的看點，原來有些麵包和餅乾有很悠久的歷史。

「想起年幼時，媽媽告訴過我，把我許給濟公作誼子的事，懂事後，去翻查佛典，尋

找萬物皆空的道理……」有的句子艱澀得不異於外星人扔給地球人的謎語。葦雨又拋出了問題：「濟公是誰？誼子是什麼意思？」湯包搖了搖頭，他也有很多歷史上的空白。

對葦雨來說，這些故事中的犯人，監獄，似乎是離她十萬八千里遠的話題，於是說：「我看得頭皮發麻，裡面寫的東西不是太懂。你還看嗎？」

「已取出來了，多看兩頁吧。」湯包說。武俠小說他看得多，現在想看樹洞裏的故事，因為這些故事是身邊舅父的故事，雖然知道一些，但看文字補充會更生動。

「有一天新來了一個趙姓囚友，曾是紅衛兵頭目，抄了許多人的家，殺害了不少無辜的人。想不到，今天歷史一個大反轉，他也進了監獄。我和他熟悉後才知道，他認不了幾個字。他求我幫他寫申訴材料，也不知他是怎麼當上一個鎮上的銀行科長的。為什麼要殺人呢？有一天，我忍不住當面問他。趙說他把那些捉回來的走資派交給紅衛兵們去處理，是小將們殺的人，罪名卻算在他的頭上。他說時，鼻子裡打著哼哼，似乎在自鳴不平。誰的錯？殺人的人意識不到自己的罪過，那是很可怕的事情。

接下來，進進出出，進來的是文革人物，江湖騙子，地痞流氓；平反的，保外就醫的，一個接一個地離開了。

世道說變就變，我得到了平反，提前一年出獄。我想到了要求賠償。當我知道，宣讀我出獄判詞的女法官也是冤假錯案的受害者時，只能無語了，真是：

澄湖洗月清，暗柳影花明。

樹倒根仍在，雲開雨未停！

斜陽草樹，尋常文字，滿紙哀傷。這最後一頁紙上的文字，葦雨和湯包看得很認真。

「我自由了，可以回家了。走出牢門口，過了關，一直看不到前來接我的妻子，奇怪，出了什麼岔子？

一路上，我的耳邊響起妻子教會我的一首歌曲：Green green grass of Home．

Down the road I look, and there

It's good to touch the green, green grass of home……

歌中有前來迎接遊子回家的親人，可是，我沒有。我含著淚水，在心中唱著這首歌，走在回家的路上。

陷囹圄，淚滿面，

家已毀，似孤雁。
世情薄，嘆桑變，
人間苦，滿心寒。

那麼多年來，我以善刀而藏之，來平伏心中的惡念。我一直想大喊：這是哪來的王法？」

讀到這裡，兩個少年你看看我，我看看你，禾叔的聲音似乎飄出了文字，可以聽得見，還可以看得見，那是一位老者抹淚後，舉臂向天的姿勢。

文字令時光的漂流瓶帶著無數碎裂了的過去，飄浮在眼前

倆人在禾叔的故事中，感覺到的是些和法律有關的事情。法律，對他們來說很深奧。他們還年少，不知道對世上的事，是知道得多一點好還是少一點好，但內心有一個共同點，那就是以後自己不要遇到這類和法律相關的麻煩事情。他們還意識不到，下一輩人的生活注定了要在上一輩人的幸與不幸，以及現代社會的變幻莫測中遊走。

眼看太陽西墜，天光漸黯，飢渴感似乎在催促葦雨應該回家了。「一起走。」說完，湯包起身提起地上的塑膠瓶。裡面的昆蟲幾乎都沒有了動靜。

走到村口，就要和湯包分手了。前面那個小山坡下面就是小巴站。

「我舅父住在那裡。」湯包指了指右前方。葦雨停下腳步，順著湯包指向望去，不遠處有一座房子座落在一個樹影藤蔓掩映的小山坡上。在斜陽的素描中，這座房子從中分成了兩邊，一邊陳舊，是灰色的，另一邊比較新，外牆裝修過，是褐色的，新舊不同的色彩像是把一座房子分成了兩半，又像是兩半房子拼靠成一座，彼此毗鄰，又似乎互不搭界，形成強烈的比照。

房門一邊朝前一邊朝後，新的一邊用鐵欄圍住了房門內的動靜，舊的一邊的二樓露台上，外人能看見種植了不少盆栽。

這樣的住宅，打破了葦雨印象中的高樓大廈模式，很容易令她對房屋裡住著的主人產生獵奇心理。她忍不住地問：「那裡面住的是不一樣的人吧？」

湯包說早前有一對兄弟住在這裡，房子是哥哥建的，讓弟弟也住了過來，後來兄弟倆為了一個女人不相往來。有些話他不想說出來，哥哥坐監後，弟弟最初賺了錢只用來裝修

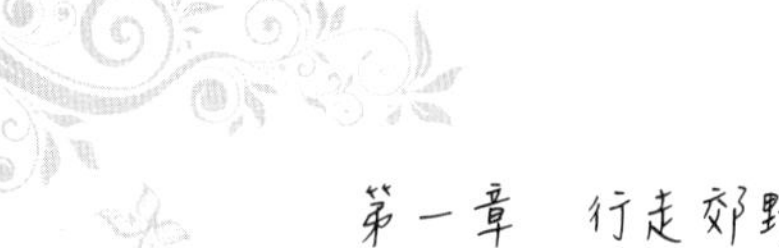

自己的住處，沒過多久，因為有了孩子，又搬到市區去住了。他有兩個舅父，但自己的媽媽只和禾叔往來。長輩們的事情，尤其涉及到男女方面的事情，大人忌諱講，他知道得也不是太多，即使說也說不清楚。舅父受了太大的精神刺激，內心壓抑的東西太多，身邊沒有人傾訴。

「是弟弟搶了哥哥的女人？」她這個年齡，看了不少愛情劇，生活中的一些感情故事，她似乎能夠按圖索驥地猜出一些結局。只是她還不能想像出一個女人如何在黑暗中摸索著同一座房屋的兩扇門，需要經歷怎樣的痛苦和猶豫，以及怎樣的內心衝突，才能親手關上一扇門，再抬腿邁入另一扇門。所謂的選擇都是在教人明白，得到一樣東西就必須放棄另一樣東西。

「猜對了。」湯包說時，見葦雨兩眼一眨不眨地望著那房子發呆。她看到不遠處有人走下山坡，那瘦削的身影，令她想到之前看到的在樹下祈禱的老人。

湯包似乎想揮手打招呼，發現舅父並未朝向他，而是拐個彎去了小巴站，於是手懸了一半又放下了。

在那個身影隨著腳步轉彎時，葦雨看到他的身邊閃現出一個熟悉的女人的身影，葦雨看到後反應迅速，很快閃向小路邊一棵榕樹的後面躲起來。直到禾叔帶著那個女人一前一後若即若離地走過去，葦雨才從榕樹後走出，看著那個女人的背影發呆。

這時，路邊閃出一條黃狗，葦雨嚇得在躲閃中一把抓住湯包伸出來的手。「別怕，牠不是野狗，這是我舅父家的狗。注意，遇到狗別跑，你越跑它越追，狗怕哈腰。」湯包似乎具備了一種對女生的保護意識，他邊說邊把葦雨拉在身後。葦雨第一次接觸到男生的手，那種感覺像嗅到了她喜愛的薰衣草香薰，不由身心一片清爽。

那黃狗看了看他們，似乎是認出了湯包，然後本能地搖著尾巴走開了。

「別忘了，再來老樹下。」在湯包的告別聲中，她做了一個OK的手勢。對她來說，甜筒，麥旋風，芒果刨冰，這些冷飲是她眼中的夏日固有的元素，而樹洞，湯包，樹洞裏的故事，是她在這個夏天意外的收穫。

一回家，她就像是踩在一塊浮冰上，內心潛伏著一種焦灼不安

葦雨有意錯過了一班車。下了車，她還在邊走邊想，甜嬸怎麼去了郊外？

衙頭漸漸變濃的夜色，在燈與影的交錯中描摹出貧與富的界線。人與人的關係在熙來攘往中穿梭出無數的明裂暗縫，人們在生計和算計的雙間道上打轉。

眼前，有一些孩童拿著手工製作的花卉或飾品在向行人兜售，也有年輕女子花枝招展地在街頭穿梭。「看看她們，只能在紅燈區做吧 girl。」她陪過甜嬸逛夜市，甜嬸會指著那些小女孩對她說著這樣的話語，言下之意，她過的生活似乎很幸福。

走進家門，葦雨就感到呼吸短促。她內心的誠惶誠恐伴著破碎了的化妝箱中的鏡子隱隱重現。甜嬸穿著她的淡紫色休閑服坐在沙發上，和以往不同，沒有開電視，只是手端一杯她喜歡喝的玫瑰花茶。堅哥的門是緊閉的，暗示他在室內。好像什麼都沒有發生，又好像發生過了什麼。

遙想當年，甜嬸是公認的美人胚子，五姐妹中，她生得最為標致，天生的唇紅齒白，把白皙的面孔映襯得一笑百媚生。葦雨的外祖母在五個女兒中，最看好的就是這個最小的女兒，落足了黃金白銀去打造她。只是所有的努力都不及小女兒一時的痴迷。後來，一個個女兒出嫁，走出家門的同時，也走向了海外，奈何小女兒違抗母命，寵愛寵出了任性。小女兒放棄太子爺的良緣不要，說是要自擇佳偶，選中了外祖母百看都不順眼的一個教書匠。看他那西裝領帶的質量，就看得出讓他甩甩衣袖也甩不出幾個銅板的聲響。小女兒卻偏要說她看中的是他的風趣，還有舉手投足間的男士風度。「傻女，你以為這些可以當飯吃？」這是外祖母生前一提起此事，哮喘便容易發作的話題。

「我今天打麻將回家晚，沒有煲湯，有果汁。」甜嬸不看著她，卻對她說著話。

葦雨餓了，第一時間想到的就是去冰箱裏找吃的。打開冰箱，裡面幾乎被啤酒紅酒塞滿。早上留下的一半三文魚包還在。她取出兩塊方包，放入一勺草莓果醬，倒了一杯橙汁，坐在老式的紅木八仙桌前吃了起來。

「有沒有偷我的珍珠耳環？」一見葦雨坐定，甜嬸便有準備好的話要攤開來說。甜嬸的聲音空襲警報般，令人防不勝防帶節奏地拉響。以為躲過了摔破鏡子的事，想不到一個「偷」字，恍若重錘，敲得葦雨神情又開始緊張起來，除了搖頭，不敢吱聲。顯然，甜嬸還沒有檢查她的化妝箱。「沒有。」聲音從葦雨嚼動的食物中滑出。有了兩口食物墊底，再喝上一口飲料，葦雨似乎緩過了一口氣，抬眼去偷看坐在沙發上甜嬸的表情，揣度著她接下來會問些什麼。

「那去了哪裡？都說沒有拿，難道耳環會長翅膀飛走嗎？」甜嬸似乎也想好生說話，常常是語音隨著血壓越說越上升。在一個自己不開心的家庭中，一碰及不順心的事情便會氣結，說話不知不覺用上慣常的呵斥聲。她內心一直很鬱悶，在婚姻中沒有活順。長得好不如嫁得好，要讓女人意識到這一點，往往要在被婚姻中的不如意消費得身心嚴重貧血時。那些三生石上的誓言，遠不如一起張羅一日三餐來得實際。

耳環？葦雨的腦海盤旋出甜嬸化妝台上月白色的一對珍珠耳環。記得早上自己走進甜嬸的臥室時，堅哥正轉身走出。「我……」葦雨正想說點什麼，側目看見堅哥不知什麼時候站在了他自己的房門前，正用淡定的眼神直視著她。面對堅哥，葦雨一直覺得自己就是老鷹彎鈎尖喙前的小雞，一看見他瞪眼的神情，不由吞吞吐吐起來：「不……知道。」家無寧日時，四周佈滿了裂縫，目光和目光都隨時可交織出厭惡和抗拒來。

叮噹！隨著一陣門鈴聲，並伴隨著敲門聲，膠叔回來了。甜嬸迅速起身去開了門。

膠叔回家的時辰和出門一樣不準時，如果滿眼紅絲，不是被女人灌醉了酒，就是被哪個紅顏女郎招惹了麻煩而令他氣血飆升。這次膠叔一進門就是一副醉醺醺的樣子。在他的人生哲學中，自己感到活得自在就是快樂。他喜歡轉悠在女人間，酒氣重了，淫亂深了，忽略了情債也會像滾雪球，累積多了，融化起來會以河牀崩裂的方式，那時，他未必招架得住。

在他五歲時隨兄長來到這裡，到現在他都不知道他們投奔而來的父親在哪裏？尋親不果，到後來兄弟之間反目成仇，至親的概念還沒有女人的肌膚之親來得實際。當年，隨同兄弟倆一起來的丫環，後來以姊弟相稱。她們陪兄弟倆住過難民所，也住過棚屋，給終對兄弟倆照顧有加後以姊弟相稱。母親讓她們隨身攜帶的盤纏，她們小心代為保管，等兄弟倆長大後，悉數交給了他們。兄長把金條化作了實物：房子。而他，流水一樣花在了聲色場所。

只有在酒吧、舞池，可以找到他想要的生活。歲月雖不留情，但粉面男人的身體不太容易釋放出衰老的訊號。在舞池中，倫巴，肚皮舞，他輪番跳，不缺少珠光寶氣的女人喜歡往他身邊蹭，請他陪舞陪酒陪遊，出錢闊綽的程度是包養式的。帥氣是他的本錢，只要他出現在舞場，樂得半老徐娘們搖金晃珠爭相圍繞著他轉。女人的殷勤，若用在勸酒上，令他一旦貪杯就會忘記回家的路。

他常常醉酒，娛樂場所，他把持不住自己。酒過三巡之後，有門為他應聲而開，有人服侍更衣換鞋，有鬆軟的牀鋪令他舒展筋骨，這些，就是家對他的含義。妻子子女嘛，只不過是家庭的附屬品，除了自己，他不相信家中個個花他的錢的成員，有誰比他自己更重要。

男人出去混總找得到理由，只要說是「為了生活」，再輔之一句「不放棄家庭」，便徒添一股顧家男人的俠氣，多少也能博得他人的理解和同情。

人生，對膠叔來說就是一場遊戲。在女人堆裏混，他擅長看人下菜碟，女人也有貴賤之分，貴氣的，待她客氣三分；賤格的，不妨對她放肆一下。這樣的招數，屢試不爽。他倚帥賣帥，邀約不斷。聲色之地，男人的帥氣和女人的虛榮很容易融為一體。

甜嬸也有表達不滿的時候，人在激氣時，自然談不上有什麼好言好語：「自以為是女人堆裡的寵物，卻不知是女人玩的鴨。」膠叔聽後一個轉身，把門打開，大吼一聲：「不喜歡可以出去，我不留你。」甜嬸便馬上無語了。女人依賴男人久了，到了這樣的年齡，只有忍聲吞氣的份了。婚前，男人追求你是因為需要你，婚後，男人厭倦你是因為你需要他，甜嬸只能這樣想了。

葦雨嚥下一口方包，突然想起應該去給膠叔拿拖鞋。因動作緩慢了一些，被身體搖晃著的膠叔一把推開：「走開！」醉手無輕重，這一推把葦雨推倒在地。一天到晚的擔驚受怕，轉化成了罵人的字眼，她從不正眼看膠叔，對膠叔原本有一種恨恨的感覺，現在滿腹的晦氣脫口而出：「油炸蟹！」「你竟然敢罵你老豆！」興許是她咬著嘴唇蔑視他的眼光激怒了他，隨著噴出一股濃烈的酒氣，膠叔赤腳衝向葦雨，一把拽住她的馬尾辮甩向她緊靠的牆壁。

他一直就覺得這個女兒並非己出，疑心一重，借著酒勁就會直接發作。怪甜嬸嗎？追根究底是自己做了偷雞摸狗的事，在兄長被屈、坐牢受難時，借一身酒氣，敲開了隔壁嫂子的房門。表面不聲張，有時也難逃愧疚燒心呀！還偏偏把嫂子名正言順地轉為自己的太太，這是去哪兒都講不通的情理。厭煩情緒隨酒氣上來的時候，可以捅漏房頂。在家裡，他看誰都不順眼，是因為他清楚地知道誰都看他不順眼。

葦雨緊抱著自己的頭，無力消除被撞後的巨裂疼痛。甜嬸內心明白，膠叔內心鬱結著的塊壘和自己有關，終於護著葦雨喊了句：「打傻了，你出錢來醫啊！」見葦雨汗水鼻血一起流，甜嬸這才嚇得慌了神，取出藥棉幫葦雨敷傷。

堅哥出現了，他從自己的房間走了出來，走入廚房又走出，手上拿著一隻甜嬸買來了活雞，二話不說，兩隻手使勁一開弓，把扯斷的雞頭血淋淋地順手扔在客廳，渲洩著自己的不滿情緒。堅哥怪異的脾氣不是沒有原因的，他最初做房地產代理，用心打著一份工。在他二十歲那年，膠叔以堅哥的名字註冊了一家公司，利慾熏心，惹來官司，被罰款。膠叔臨危甩手，只願出一半的錢來釐清債務，剩下的，竟然讓堅哥還。親情只是膠叔記在帳本上一個數目，在關鍵的時候可以用來抵債。遇到這麼個坑仔的爹，堅哥氣翻了臉，積攢了滿腹怨氣，想不到自己人生的第一個污點是自己的父親給的。

面對堅哥，膠叔不敢動手，他現在還沒有長大成熟了的堅哥的力氣大。堅哥的冷血鎮住了大小一家人，室內終於靜下來。

「我打碎了你的化妝鏡，不要……罵我。」葦雨趁甜嬸俯身攙扶自己起身，倒出潛伏在心中一天的不安。她心上的痛超過身上的痛，那就是：保護不了自己女兒的女人，怎麼配做母親！可是，看著額頭淌著汗硬是不流眼淚的甜嬸，內心又覺得眼前的母親比自己還要可憐。「那鏡子早就被我打碎了。」甜嬸的回覆真假難辨，潦草地在化療葦雨的傷痛上。

堅哥冷漠地注視著眼前的一切，無動於衷地回到自己的房間，把門咔嚓一聲重新關上。

海中那個漩渦，常常在睡夢中旋轉出一個黑洞，想吞噬她

因為遇到湯包，葦雨的生活注入了新內容，一到週末，她就想著往郊外跑。湯包帶他去了禾叔的村裡，和那位開了天眼的阿婆見了一面。

暑期的最後一個週末，還約了她去海邊游泳，她叫上了絲曼，因為絲曼的泳技高，再有，絲曼這段時間也在約她一起玩。

一見面，絲曼就有話說，偏偏還要當著湯包的面。「怎麼，你額頭又青了一塊？你爸爸還拿你的頭撞牆呀！」絲曼不等葦雨接話，連珠炮似的發問又來了：「這哪裏像親生爸爸，簡直是黑社會。」絲曼快人快語，聲音被語速帶動，一連串的話語抖落出來，可以一

口氣拖出二里地。葦雨一直在小心地守護著內心的敏感地帶，被絲曼這麼來碰，難免有些不舒服。

來到海邊，說是游泳，葦雨還做不到破浪擊水，只適合套著泳圈在淺水區撲騰一下。「你看你的男朋友，肌肉線條很美，幾靚仔呀！」絲曼哪裡是來游泳，興趣幾乎都集中在陽光下雄性勃發的湯包身上，眼光對著身穿泳裝的湯包的身體上下睃巡。他正在沙灘上舒展筋骨，準備入海。

絲曼屬於早熟型的女生，比葦雨懂女性魅力，什麼性感，胸溝，翹臀，早在中學初期就領會貫通。「我們是普通朋友。」葦雨向絲曼解釋。她的思維常常落後於絲曼的語速。

女生天生有一種小妒嫉，不能自控地撓著她們的情緒，一個小眼神都會被那種小妒嫉折磨得渾身不自在。她們在乎的不是身邊的男生是不是愛自己，而是自己比同伴女生在男生眼中是否有更多的魅力。

「葦雨，游過來吧！」湯包在不遠處招手。絲曼穿的是粉色吊帶比基尼泳衣，她覺得比葦雨藍色套頭泳衣有更誘人的曲線，可是湯包的目光專注在葦雨身上。

「游吧！」葦雨正在猶豫，已被反身游過來的絲曼對著她的泳圈用力推向深海區。也不知絲曼哪來這麼大的力氣，泳圈旋轉著令葦雨的身體跟著在海水中打轉，雙腳倏然間觸及不到海底的沙石。

她抓住泳圈，借助於泳圈的浮力，身體才不至於往下沉。一排大浪湧過來。在層層疊疊的白色浪花的盛開中，她看到了一個漩渦，漩出一個黑色的洞，似張開巨口的獅子想要吞下她。這時，她感到自己的腳被一隻手用力往後拽。

「抓緊泳圈。」湯包的聲音。一切的發生都是一閃而過。閃身，閃撲，閃抓，串成連貫而流暢的救命動作，使她得以上岸。經歷了失魂落魄的一幕，葦雨昏昏沉沉地閉著眼睛躺在躺椅上，內心卻湧動起對絲曼不滿的情緒。

她以為湯包一直守護在她身邊，等她坐起，看到了刺激的一幕，不遠處海風掀起的海浪中，絲曼和湯包相擁在一起。儘管後來湯包不斷向她解釋，是絲曼用雙手勾住了他的脖子，他在掙脫。她不信，之後堵氣也就不去老樹下了。她對他的情意還沒有暖暖地鋪展，就冷冷地收藏了起來。

她有自己的一個計劃，需要用勇氣來完成。

第二章 老樹孤影

這晚的風似乎特別大，不知是在保護她還是在阻止她

這晚，大風驟起，街上擁擠的人群在漸漸稀疏。

葦雨從都市商場走出來，額前的頭髮連同從馬尾辮中鬆散出來的一綹頭髮，被狂風吹起，凌亂飛舞。額頭上的瘀青還在，被風刷動著，隱隱作痛。

一星期前開學，她領了新書，放學回家的時間比平日早，在家中客廳撞見了膠叔的新寵，一個妖艷的女人。甜嬸竟然能忍，裝著什麼也看不見，上街躲進商場去了。這叫荒淫無度還是叫引狼入室？葦雨覺得室內空氣的污染指數能令自己氣窒，仗著學過的巫術，也不管靈不靈，在心裡狠狠詛咒了兩個不成體統的成年男女。見他們進入了臥室，她忍不住衝著他們緊閉的房門罵了一聲：「雞婆！」

聲音雖小，卻不偏不倚鑽入了門縫。一陣雜亂的細碎聲後，只見一個口紅耀眼的紫衣女人奪門而出，再氣咻咻地扭著腰，晃蕩著一個黑色肩包，甩門走人了。

這下，膠叔像被人扒光了皮般惱羞成怒，衝到葦雨跟前，甩了她一巴掌。她咬著嘴唇蔑視他的眼光激怒了他，那目光可以掏空他做人的資格。面對這個他一直就認為沒有血緣關係的物種，他一如往常，粗大的手掌三兩下抓著她的頭髮就往牆上撞，撞出了悶悶的響聲。

舊傷未好，又添新痛。右額角即刻隆起獼猴桃大小的淤紫腫塊。那種悶聲的巨痛一陣痛似一陣，早已在她年少的心中撞出了四伏的殺機。她咬緊的牙關一次次扼制住的淚水，固化成了怨恨。刀光血影，在她腦海中已不止一次喧染出一片幽暗的場景：一個不斷傷害她的男人，來不及呻吟一聲便倒在地上。

人痛極了，會生出膽量的吧？她突然想買一把刀，這個念頭，生出了又放下，放下了又拾起。

湯包看到她額頭的淤紫，曾問起過：「這是怎麼啦？」「碰的，晚上起夜，忘了開燈，撞在洗手間的門框上了。」她需要前言不搭後語來掩飾自己的疼痛，這種疼痛一直存在，而且不知道繼續到什麼時候。「什麼刀最鋒利？」她曾經問過湯包，問了又問，把湯包嚇了一跳：「怎麼總問這個？」眼前的葦雨一副心事重重的樣子：「只是問問……」「做美工用的伸縮刀很鋒利的，你買個小型的就行了。」在一問一答中，葦雨得到了答案。

此時，她的右衣袖口正藏著一把美工刀。她特地穿了一件黑色長袖衫，行走在夜晚，和夜色連成一片。年少的輕狂和衝動，全部集中在從不去想後果。最初產生這種念頭，是在膠叔抓住她的頭髮去撞牆的時候，以後，只要頭被撞一次，一把亮晃晃的刀就會在腦海中閃現一次。這樣的計劃，她醞釀了三年多。同齡的女孩都在用學芭蕾舞彈鋼琴的念頭來填塞思維，而她想的是什麼刀最鋒利最便於攜帶。不管她怎麼用怨恨來訓練自己的冷酷無情，行動起來，總是緩慢的。

她經常在自己的小房間用指頭掂量著一把餐具刀的輕重，手心內側四指倒勾著刀柄，隱匿在黑色長袖中。這招式，是她從一個賊那裡學來的。她在街市上購物時，一隻持刀的手伸向她的背包被她發現，那賊就是這麼抽回刀子，一個轉身離去的。

夜晚，在暗光和巫術的交織中光怪陸離。她討厭那些街燈，極像酒徒的醉眼。心情惡劣時，看什麼都是怪怪的。

狂風一直勁舞。這段時間，黃色風球剛過，黑色暴雨又至。她記得那位打開了天眼的阿婆走時，也是狂風大作。阿婆預測自己將要告別人世的那天，湯包帶她去了阿婆家的院子裡。阿婆坐在藤椅上，正在給一群孩子講故事。阿婆一身乾淨的素服，臉上皺紋中儲著仁善之光。阿婆似乎看見了擠上前的葦雨，黯淡的目光飄向了她，嚅動著嘴唇說：「離……」葦雨的心不由一緊，離開？離去？她很想聽仔細。只見阿婆細聲卻說：「我太累了，我走了……」然後合上雙眼，頭部輕輕靠在椅背上。這時，吹來一陣旋風，天色迅速昏暗起來，周圍的人影和落葉隨著旋風在院子裡打轉。旋風旋轉出一個漩渦，看似一個能夠移動的黑洞，帶給葦雨滿心的迷惑。她不知道為什麼每次她有迷惑的時候，就有一個黑洞出現在她的腦海。來了一些人為阿婆作法，天色漸漸轉亮。湯包感慨地說：「有的人真的能夠先知先覺。」

恍恍忽忽中，她覺得有影子尾隨身後。這個影子在她從商場出來就存在，待她回頭去看，又什麼都沒有。快到路口了，忽地有一個黑影喵地一聲從路邊竄出。她剎停腳步，定睛一看，是一隻黑色的流浪貓。她對白色遲鈍，對黑色敏感。她的手在震顫，神思渙散了一下，又迅速集中在右手衣袖中的藏刀上。如果不加快腳步，隨時會搗碎今晚的計劃。

這隻黑貓可能也受驚了，跑在她的前面，躥入了不遠處的一個巷子裡。她緊追了幾步，不知不覺跟著拐了一個彎，走入小巷。

生活太魔幻，有時她覺得自己是光和影拼出的圖，隨時又會被時空重新組合

通過這裡的巷子可以抄近路走到自己的住宅大廈。過道上堆積著一些紙箱。走了幾步，她覺得有些不對，正想退回來，聽到了啊啊沙啞的聲音。她尋著聲音望去，借著附近窗口投射出的微弱的光線，看見一個年輕女子正被一個矮個男子緊摁在外露的下水管道上。女子兩手緊緊拽住自己的前襟，滿臉驚恐狀。

葦雨嚇得後退兩步，想跑開，但那女子看到了她，向她發出啊啊啊的求救聲。那男子似乎也看到了她，摁女子的手鬆懈了一下。葦雨突然間想起湯包告訴過她，遇到咬人的狗，你越跑牠越追，狗怕哈腰。她不知道自己是不是急中生智，一哈腰露出衣袖中的美工刀。她想揮刀壯膽，無奈行動不配合思維，美工刀在睡眠狀態下的夜空中只是閃亮了一下。

「古惑女，你夠膽！」那男子壓低聲音狠狠說了一句，便鬆手放開了那像兔子一樣纖弱的女子，撒腿跑進黑色中。

眼前發生了什麼事？自己是去做什麼的？怎麼穿插出來這樣的情景？葦雨被自己腦中的問號套住了。

「謝……」那女子正要合手作揖，被葦雨一把拉住手，快步跑到有街燈的光亮地帶。女子身穿黑白條紋短衫，燈的光線刷過她蒼白的青春臉頰，月白的膚色，細膩如膏。「找媽媽，迷路……」這是一個比葦雨大不了兩歲的女子，一字一句地咬字，說話含糊不清，邊說邊打著手語。她是一個聾啞人，但看著別人的口型，能夠辨識出一些話語。葦雨看著她打著的手語和發出的簡單句子，知道了她的媽媽是附近大廈內的當值保安，她有事聯繫不上媽媽，於是來找，在夜晚一座座首尾相連的樓群中迷了路。

「素荷。」女子邊說邊在葦雨手心寫上自己的名字，再從手袋中取出一張名片放在葦雨手上，上面有她的工作地址及電話。「我送你去你媽媽那裡。」在這個街道被冷風吹得黑影幢幢的夜晚，葦雨突生惻隱之心。可能是受了驚嚇，素荷搖頭表示太晚了，現在想回家。

「叫計程車回去吧！」葦雨建議，並站在路邊迎著燈光急急地招車。素荷擺擺手，做了一個手語，又指指手錶，再指指馬路對面的巴士站，意思是還有最後一班車，她趕得上。

這時有車停下來，是一輛私家車。素荷搖搖手，做了一個不用的手語，然後跑去了馬路對面。

「坐車嗎？」私家車的後座有人頭部探出車窗，年輕的臉，聲音卻有些老成。葦雨連忙上前解釋看錯車了。「學生妹，在外行路要小心！」眼前的面孔雖帶著眼鏡，但似曾相識，還未等她反應過來，私家車已從眼前飛馳而去。

葦雨身上的力量突然間消散般，腳步變得凌亂，點地時，有些找不到身體的重心。快到住宅大廈，在一個花圃邊上的空地上，聚集了一些人。警車的車燈在閃耀，掃描著被打碎了的夜晚。警方實施了現場管控。

剛才小巷中發生的驚恐，她還沒有徹底擺脫，耳中出現轟鳴聲，聽不到其他的聲音。發生了什麼事情？這時她回過神來，發現自己手上的美工刀不知到哪裡去了。

別人撞見九頭龍，而你撞見了九頭蛇，又能怎麼樣，你依舊要生活

她站在一個花壇邊，用一株植物細碎的枝葉遮擋自己，只為視線留出前方。她看到了甜嬸，身邊站著堅哥，他們的周圍攢動著警察的身影，還有幾個圍觀者站成的夜幕下的驚

恐。透過人影晃出的縫隙，她隱隱約約看到了倒在一灘血泊中的膠叔，內心有那麼一瞬間被什麼東西揪緊。

她的腦袋裡好像是空蕩蕩的，又好像填塞得滿滿的，啟動不了思維。她已意識到發生了什麼事情，就像是在看一部超級恐怖片，隔著一道無動於衷的屏障，甚至產生不出之前想幫素荷時那種憐憫之心。她心中的親情早已被膠叔的暴力擊碎了，沒有失去親人的悲傷哀痛，流不出眼淚。

在警察的盤問中，她第一次看到甜嬸如此淡定，重覆著一個搖頭的動作。警察取走了甜嬸和堅哥的手機，不久，又還回。

周圍似乎有一股寒氣，這初秋的天氣，她能夠感覺到自己的手有些微震顫。隨著警車的呼嘯而去，四周才靜了下來。

「你們需要去見你爸爸最後一面。」甜嬸見到葦雨出現，從堅哥那裡走近她，生硬的聲音像是在對子女發通告。爸爸？這樣的字幕在腦屏幕中從遠處推近。記憶中四歲那年，膠叔曾為她買過一次生日蛋糕，還留下了合照，多少還有過一些美好的回憶。

她和甜嬸、堅哥第一次以家人的身份，一起安排期去了儀殯館。最終，甜嬸抬不起手去摁下火化爐的按扭。她已分不清她和膠叔誰對不起誰，當初他口口聲聲的愛，到最後已走了樣，這半生愛恨交織出的情緣，誰也預料不到誰送誰先走。堅哥的手在最後關頭起到了作用，他內心起伏著怎樣的波瀾，沒有人知道。

膠叔的後事，堅哥在盡力處理，忙碌中，他看似平靜的外表，時不時會向葦雨甩出一串厭煩的眼神。這樣的眼神令葦雨害怕，因為她看出這種眼光中夾雜著綠光。兄妹之間一直缺少親情互動，甜嬸說是因為他們年齡相差了七歲不容易交流造成的，但葦雨一直覺得，自己和這位兄長是前世的仇人。

「我知道兇手是誰。」兩個星期過後，甜嬸平淡的聲音，飄浮在室內的空氣中：「欠下了，躲不掉……」欠下什麼？情債？賭債？甜嬸說到這裡聲音就自動卡住了，任由心事在自己的內心翻江倒海。「不能說，我要保全這個家……」餐桌前，甜嬸像是要對子女有所交待似地，有一句沒一句地說出幾句壓在她心中的話語。隨後，甜嬸嘆口氣，又說：「老天要你五更走，不會留你到六更。」似乎生命中的全部謎團可以用命中注定來作解釋。

不知怎麼，這麼一席話，葦雨聽後卻猛地抽了一口冷氣，她想起膠叔倒地雙目圓睜的鏡頭，是甜嬸用手輕輕幫他合上了眼睛。

沒過幾天家裡窗前的晾衣架上，有一隻鳥停在那裡叫，是什麼鳥？大家都不知道，黑色的羽毛中泛出幾道白色。甜嬸提醒說是膠叔的魂歸。這段時間，甜嬸的神思很恍惚，總說膠叔晚上來找她了，有一片綠光罩著他，臨走時，還會用手搧出一片清涼的風。夜晚睡覺，對甜嬸來說，成了一種辛苦的事，她希望葦雨陪自己睡。葦雨有點害怕，但還是壯了壯膽，來到甜嬸的房間，母女倆分東西兩頭躺下。

夜半時分，一陣涼風襲來，葦雨能感覺到睡牀被壓沉，似有人擠在甜嬸的旁邊。她的思維在黑暗中漫遊，女巫的斗蓬，利甲在她腦中不時電閃出一道道亮光。她的眼瞼很重，怎麼努力也打不開，但又進入不了夢鄉。似睡非睡中，她大氣也不敢出一聲。天放亮時，她聽到甜嬸輕聲說了句：「走了。」甜嬸和她一樣沒有睡著。從那天起，甜嬸每天用鞋拍打地板，連續七天，說是他聽到後就放心了，不回來打擾了。

膠叔一走，留下了生活中的爛尾樓，大大小小的事情只要涉及到財務，問題就出現了，就連存在銀行裏的那點錢，都需要通過律師才能取出來。已無法搞清膠叔有多少抵押，又有多少借貸，搞不清他活了一世是賠還是賺。對甜嬸來說，只要沒人來討債，算是膠叔為她積了福。

很長時間，甜嬸難掩哭得紅腫的雙眼，不是哀傷膠叔的悲慘，而是哭自己的不幸，突然間成了朋輩眼中最早的寡婦。膠叔在，偶爾還會甩出幾張大鈔，他這一走，損失的是一家生活在中產線上的保障，生活水準將下滑不止一個階梯。

「他泡他的女人，怎麼樣還會給家用，他一走，真的會顯山露水地窮了。」甜嬸的抽泣聲灌滿了生活的無著落感。

這是活生生的現實，生活不管你痛不痛，只看你有沒有能耐過下去。

不相似的生命都有令人垂淚的地方

甜嬸在膠叔生前，經常掛在唇邊的話是：「我娘家很有錢。」這樣的話，想必也在其他諸如她所認識的牌友那裡絮絮叨叨地重複過。有一個富有的親戚，哪怕住得再遠，向外人尤其是在膠叔那裡提及時，似乎自身能蹭上一層富貴之光，最起碼讓人知道，像她這樣的女人是應該被人羨慕幾分或被男人珍愛一下的。

葦雨剛升中學，就被甜嬸帶著去了一趟南洋。她覺得甜嬸有些怪，那麼多的姨媽不相往來，幹嘛跑去看一個和自己勉強沾點親的小外婆？她當然讀不懂甜嬸黯然的心境，女人婚後臉面的光鮮，在人前要靠丈夫來撐，在丈夫面前要靠娘家來撐，全都離不開金錢發酵起催化作用的人情世故。

小外婆的大宅，和當地的一個公園毗鄰，偌大的宅院連著草坪和花圃。讓葦雨難以相信的是，大宅裡面只住著小外婆一個人。早年，小外婆唱戲出身，被一個闊佬也就是葦雨的外公相中，花錢贖身不起作用，乾脆仗勢用拳頭說話，差人把戲班主暴打一頓，才抱得美人歸。為避後患，外公撇下一室妻小，攜新歡直闖南洋去了。

這種附屬的三親六眷關係，在葦雨看來很複雜，可甜嬸不知道用什麼奇妙方法，硬是把這種隔山隔海還隔代的關係不僅理順了，還連接了起來。

幾年前，葦雨的外公離世了，他們有一個被葦雨叫做舅父的獨子，一早躋身於金融白領，工作後便自置居所搬了出去。他看顧母親的同時，也在權衡這座自己有繼承權的大宅利益上的輕重。市府想擴建公園，早期的計劃中包括公園附近這座別墅，一口開出的收購價令獨子心動，無奈卻敵不過小外婆不售屋的固執。對小外婆來說，大宅內每一個房間都有她亡夫遺留下來的半個世紀的氣息，這是她心靈的撫慰劑。小外婆解釋說：「我最捨不下的是我的花園，深夜時分，花園裏常常會傳來我丈夫的聲音。有時我站在窗口，能看見我丈夫一身白衣站在樓下的院子裡靜靜地看著我。」

小外婆的房間養了好幾隻百年旱龜，一不小心腳下就會撞上一隻。擺放在室內梯側的聖誕樹上的彩飾還在，讓人把記憶固定在某一個時刻而忘記季節交替年輪翻轉。樓梯拐彎處，擺放著小外婆年輕時身穿艷色旗袍、手扶富貴椅的巨幅畫像。畫面上的女人雍容華麗，滿室的光彩似乎都附吸到了她的玉體上，這是留給葦雨印象中室內最精美的擺設。

只是，室內雜亂，屋舍陳舊，院內雜草叢生。小外婆除了這座大宅，值錢的東西都到了獨子手上。而獨子眼見母親垂垂老矣，遲遲未請人清理屋裡院內，因為不想花這筆為數不少的錢。

「傻呀！這麼個美人胚子，卻被一個教書匠勾了魂跳入窮人窩裡。」小外婆在和甜嬸話家常時，會感慨地說上這麼一句疼惜甜嬸的話。每個女人都把其他女人的不幸看得真真切切，惟獨看自己看不清。最初的漂亮和最後的美麗很難同時歸屬於同一個女人。

兩個女人，各懷心事，活在各自生命和美好華年的尾段，都在為對方把脈開方，做總結。不是紅顏薄命，而是紅顏易令人生憐，才成為人們的關注點。在女人的人生展銷會上，最暢銷的是得意洋洋，最易囤積的便是鬱鬱寡歡，這不，兩個女人一轉身，又回歸到各自煩惱中去了。

「浮華一生，到頭來，沒有個人來照應，可憐兮兮的。」這是小外婆說的，可能觸動了甜嬸，她沒有直接回應，而是把這段話悄聲說給葦雨聽，也不管葦雨能否領會，成人的精神包袱常常這樣不負責任地甩給了成長中的孩子。而那次南洋之行帶給甜嬸最直接的衝擊，便是懂得了噤聲的好處，失去興趣般，無意再涉及有關娘家的話題了。

如今，小外婆走了，膠叔走了，說不說娘家有錢，都已是無謂的話語。甜嬸的日常用語轉成了一個習慣性的動作，開始時不時地去打開梳妝臺上的化妝箱。

想當年甜嬸蜉蝣在兩個男人之間，一個愛自己的，一個自己愛的。做女人，行為容易出賣自己的感情。情感上的穿梭對她來說，認真了，就有心裡負擔，想開了，就如同玩牌，需要手氣上的聽天由命。只是任何牌局稍有不慎，面臨的是如何收拾殘局。

女人不到最後，弄不清這一生中的真正得失，日子原本應該細水長流地過，可是最初擰開任性的水龍頭，嘩啦啦讓大把好日子在患得患失中流走。

甜嬸意識到美人遲暮對自己意味著什麼。人到了一定的年紀，能懂得的道理都是經歷。

生活中不招自來，跑出了看上去熟悉，一接觸卻百般陌生的法律

葦雨以為膠叔走了，屬於她的傷害就解除了，卻不知道生活中的變數是一個永不停頓的暗鈕。膠叔在世時，全家人個個都覺得他欠了自己的，都說不出他好在哪裡，等他一走，

家中的八仙桌似乎時時搖晃著不平。

兩個月後，堅哥不知啟動了什麼樣的心機，當面向甜嬸表明，他才是這所房子的主人，是這房子的繼承人。「我還在呀！就急著爭產呀！」甜嬸已被膠叔的離世耗蝕得神情憔悴，哪來精神面對堅哥掀起的海嘯。生活中的許多皺褶，如何來得急熨平？

其實，堅哥最想趕出這房門的是葦雨。他談了女友，需要帶回家來住，女友說他家裡住著其他女人，礙手礙腳的。在他小時候，甜嬸跑去和她的舊相好約會，帶上他以掩人耳目。甜嬸以為他年幼，丟一個玩具車或一塊棒棒糖就可打發他在門口玩耍，但那個戴眼鏡的男人的瘦削模樣卻闖入並駐留在了他的記憶中。

「親生子，不如袋中錢。」甜嬸有氣無力地看著自己的兒子，無法面對眼前的實情。想不到一夜間，自己的兒子為了房產，一翻臉全身都是冷硬的冰渣，直捅自己的傷心處。

堅哥從小把自己當成女生，忸怩作態起來，女生都難及。偏偏甜嬸寵著他，順著他的喜好，慣成了讓人怎麼看都容易碰痛視覺的男性，紅衣綠褲，他都喜歡穿，惟一讓人的視覺不把他P成女性的，便是他留著一小撮鬍鬚，如果留上一個鋥亮的男式大片頭，像是某個漫畫家創意作品中的主，自成一處刺眼的街景。

「這是律師信，不服？打官司，奉陪！」堅哥邊說邊取出一封律師信，甩在八仙桌上。信裡面有一份平安紙的副本，膠叔生前立下的遺囑，裡面隻字不提甜嬸。在利益面前一旦紅了眼，魚死網破的事情說發生就發生。遺囑中說這所房子的遺產留給了堅哥，因為他認為堅哥才是他的親生兒子。或許他比誰都知道甜嬸心中住的是誰，提早做出了臨終的絕情準備，又或許他在故意攪混一池清水，用以洩憤。

「弄錯了……」甜嬸自然比誰都清楚兩個兒女的親生父親各屬誰，可是現實生活中的千頭萬緒，那些沉積在陳年舊事中的是是非非，在時光的反覆揉搓中，又怎能輕易說得清？這父子倆一掌一拳的動作，令甜嬸忍不住哭出聲：「寒心呀！欠債的人成了債主。」究竟誰欠誰的，誰能擺得平？甜嬸跑去梳妝台前，又去摟緊她的化妝箱不斷作祈禱，比往常多了一個動作，夜晚睡覺把化妝箱放在了枕邊。

葦雨在甜嬸的一句「你只管讀你的書」中，被關進了自己的房間。但葦雨哪有什麼心情讀書，客廳中的聲音，不斷穿過門縫，讓她豎起耳朵聽得真真切切。

生活中的一些東西不招自來，眼前跑出了看似熟悉一接觸卻百般陌生的法律。

就這樣，甜嬸或是看著律師函件，或是準備著一些文件，跑了好幾次律師行，至少也有過幾回法律諮詢，一邊說不打這個官司了，一邊又馬不停蹄地聽從律師的召喚。經過一番折騰後，在「我的房產證呢？」的自我問詢中翻箱倒櫃尋找著什麼。太多的喃喃自語，讓人分不清被她所表達出來的是實情還是錯覺。

「能說通的是道理，說不通的叫法律。知命知進退。」甜嬸說這番話的時候，手上的金鐲，還有自己母親傳給她的象牙扇，已被她押入了當鋪。即使她什麼都不告訴葦雨，葦雨也能猜出甜嬸為這場官司動用了她的老本。

甜嬸在這場與不孝仔的房產爭奪戰中，最終鬱結出一場不大不小的病，在牀上躺足了兩個月。刀啊刀啊！昏睡中都似在刀叢中走。病情好轉後她的第一句話就是：「不要惹官司，會惹一身蟻。」

這樣的結果，令葦雨倒抽一口冷氣，感覺到律師的本事真大，可惜自己沒有這個能力去爭取這樣的職業。

「給你三年時間，必須離開。」堅哥發威扔下狠話，踏出了家門。聲音雖說是在大廳裡響起，但葦雨清楚地知道，這句話是對誰說的。

「不用擔心，我還有舊屋出租。」甜嬸突然間想到禾叔的出租屋，悄聲對葦雨說，又似乎在自我安慰。她端在手上的印花杯子裡的玫瑰花茶換成了菊花茶，濃得化不開的唇紅令滿面的蒼然憔悴顯而易見。如今她對微雨的態度已轉變為好言勸導式。等生活失去得差不多了，她才開始面對擺在眼前的生老病死問題，現在能依靠的人只有她平時傷害得最重的葦雨了。

桌上的食物從以往的四菜一湯，變成了兩菜一湯。葦雨喝著甜嬸做的老火湯，眼睛卻盯著對面靠窗的玻璃擺櫃，神思有些渙散。玻璃擺櫃和牆角之間的縫隙中，有一隻蜘蛛正在努力地織著網，腿關節努力在蹬動著，蠕動著。

她很悲哀地發現，自己和蜘蛛一樣，需要一個落腳點。一種無力感，深深地陷入夜色中。

不相似的生命都有令人垂淚的地方

葦雨突然在一夜中長大，心中的怨憤並未因膠叔的離世騰出空間，反而又加入了不安的元素。她中考沒能過關斬將，於是提前走向了社會。人在生存線上打滾，身邊潛伏著暗流，最好的選擇就是勇往直前。

她在求職方面，社會經驗歸零，即使甜嬸萬般提醒，任何公司不管它開出的薪水有多高，只要巧立名目向你收費，就要轉身離開。但在求職過程中，她還是差點掉入招聘陷阱，面試時交了一筆六千元不大不小的所謂預備費用，多虧甜嬸制止及時，才沒有深陷進去。

她急於求職，成衣店，化妝品店，金鋪店，像是跑龍套一樣，在各種鋪頭當店員站櫃臺，還當過內衣廣告的Model，把自己訓練成和顏迎客、溫婉待人的禮儀小姐。一些感興趣的事物初初領略了一下之後，她遵照甜嬸的建議找一個安穩的工作，於是又去夜校進修秘書專業。年輕的肩頭，扛得起歲月中的艱辛。她就這麼頻頻撲撲，沿著謀生的路向去走，在一家大酒店做了經理的秘書。

有時候她會想起湯包，想起他的歌聲和笑聲，並憶起樹洞，只是她對他的感覺一直浮在情誼的表面。倆人蜻蜓點水般交往了一段時間，之後，潮水般聚攏又浪花般散開。她和湯包，絲曼好像都拴在同一條命運線上，三個人都沒有考上大學，絲曼去做了空姐，湯包去了海外嘆世界去了，各自撲向屬於自己的人生海域，一起失散在人群中。

葦雨的工作有起色時，甜嬸的身體狀況出現了問題，她喜歡喃喃自語，性格變得喜怒無常。

自以膠叔走後，甜嬸就從老友們的麻將桌前退了出來。她的身邊隱約有個男人出現，他就是禾叔。那衰老的身影，有時會伴她出現在茶餐廳裏，有時會陪她在公園散步。甜嬸或許一直希望以這種不躲閃的方式和他重續前緣，只是，等這天到來時，她的內心已被現實消磨得燃不起激情了。

甜嬸的變化很大，正在做的事情剛做了一半，就不知道自己還要繼續做什麼。她要說的話都是樹枝上掉下來的零碎葉片，不知道她想要表達什麼。她呆滯的目光，更多地停留在梳妝臺上的化妝箱上，想在上面捕捉到曾經的固執還是迷亂？一步錯，滿盤皆輸，說的大概就是她這樣的女人吧？在她嘴裏「房產……證……」的唸叨聲中，一個女人的嬌艷年華，已經被兩個男人盤剝得一乾二淨。

直到有一天她去一個便利站取了兩個蛋糕轉身就走，店員追出門外讓她付錢，可她不斷地說已給錢了啊！說著說著哭了起來。店員報警，在她前言不搭後語的哭訴中，警察把她送去醫院檢查。檢查的結果是失憶伴隨著的老年痴呆症開始摧殘她的大腦。葦雨更願相信甜嬸的病因是因為沒有爭取到房產而鬱鬱成疾的。

沒幾天禾叔開車來接了甜嬸。一輛二手車，陳舊得像是從歲月深處走出來的禾叔一樣。「我的罪過，我贖罪。」禾叔邊說邊攙扶著甜嬸上了車。他的心和靈已歸屬了耶穌，在上帝面前尋求心靈的救贖。臨走，甜嬸帶走了那個化妝箱，似乎那上面有什麼暗鈕，可以啟動她一生的遺夢。

葦雨一直目送載著甜嬸的轎車，消逝在週末傍晚的煙塵中。她看到甜嬸投入的不是重逢，而是即將逝去的時光。有些女人的感情不管是斷還是連，都有些餘音繚繞，甜嬸就是。

葦雨現在讀懂了刻在甜嬸化妝箱上的詩：

清風凝露鏡檯前，
瑩彩妝奩露嬌顏。
水潤丹唇知悅己，
胭脂盒扣此生緣。

第三章　菁華煙雲

在生命的聚散離合中，少不了命運埋下的伏筆

三月的天氣，空氣潮濕得粘人。

葦雨走在下班的人流中，黑色高跟鞋墊出的上班族女性的自信，被整天的工作流程消磨得垂頭散髮，冷燙過的髮尾像掛霜的枝葉生硬地捲垂在肩上。

越是走在人群中越會覺出自己的孤單。秘書的工作使她大多時候面對的是自己的頂頭上司，一想到所謂的家，腦海佈滿的是堅哥發出的三年搬出的警告信號。

每隔兩三個星期，甜嬸會被禾叔開車帶回她住過二十多年的家，想用熟悉的環境喚醒她的一點記憶。喃喃自語狀態中的她，連葦雨也認不出了，只有離開時，她的手會抓緊門框，固執出一個百般不捨的鏡頭，但最終還是會被禾叔拉走。

葦雨只要看到禾叔就會想起郊外的那棵老樹，樹洞，還有湯包。有那麼一段時間，她想再去那棵老樹下，猶豫了一下，還是沒有去。在她的感覺中，那棵樹又和甜嬸聯繫在一起了，樹洞裡的故事好像沒完沒了，上輩人把自己的生活演繹得十分繁亂，她的內心承受不了太多的悲情。她的腦海中有時會幻化出一根垂滿枝葉的藤條，從老樹上垂下，緊挨著樹洞，那些和自己生命相關聯的人和物，像枝葉一樣長在上面。

她經過一個書攤，眼光習慣性地在報刊雜誌堆中掃視了一下。一份報紙上的彩色照引起她的注意，照片中的女子面容姣好，正面帶笑容把剛配製好的雞尾酒，倒入一個精緻的高腳酒杯裡。女子的身邊一個挨一個的都是些貼著各色商標的酒瓶。這則報導的文字內容是有關這家酒吧經營狀況的介紹。

是素荷！葦雨一眼認出了圖片中的女子，於是買下了報紙。

她一直和素荷保持著聯繫。自從那晚在巷子裡幫了一下素荷，素荷便把她視作救命恩人，又是彩石手鍊又是珠仔銀包相送，說是自己媽媽的手工。如果倆人時間上能配合，她會約上素荷一起去餐廳吃下午茶。相同的生活處境，加上性格相近，倆人很容易走近。她去過一次素荷的家，母女倆擠住的是隔房隔間的出租屋，逼仄的居住環境，令人喘不過氣來。她們申請不到政府的住房，因為媽媽擁有自己自置的居屋。

五年前素荷媽媽帶著她投奔澳洲的親友，遭遇了冷落和艱難，三年後回流故里，覺得還是在自己熟人熟街的地方容易生存一些。原本是家庭主婦的素荷媽媽，找到了一份保安的工作。當初她急於帶素荷擺脫一個吵鬧不休的家庭環境，沒顧及到處處都需要用金錢說話的世界，不寬裕的經濟條件到哪裡都像是在流浪，進退失策中影響到了素荷的學業和前途，委屈得她中學畢業就出來工作了。

在媽媽生活落魄時，素荷想到去爸爸那裡尋找一些經濟援助。從原住宅大廈的保安那裡知道，爸爸在她們母女倆前腳走後腳也跟著離開，把住過的房屋換了鎖，便消失了影蹤。出於安全因素的考量，素荷媽媽不敢住回去。

生活硬扛，怎麼扛得住？葦雨從素荷媽媽的身上，似乎看到了自己的母親甜孀的影子，都擁有女人天生麗質的資本，人生的改變都是從走入了不幸的婚姻開始，一個執意抗爭，一個委屈求全，到人生的尾段都在命運中打轉。

「有沒有想過通過法律途徑去爭取住房？」葦雨見素荷聽她這麼一說後雙眼放光，有那麼一瞬間覺得自己是別人黑暗中的指路人。其實葦雨對法律的認知也只知表皮，她走在甜嬸最初的思維模式中：用法律保護自己。甜嬸後來說過的那些話，沒能觸動她的心思。

素荷手語口語並用告訴她：找不到爸爸，爭取房產，很難。她從自己媽媽的處境中似乎知道，這裡的法律好像並不特別保護女性。素荷表示出來的更多是搖頭，無法詳細表述其中的無助與無奈。

想到這裡，葦雨不由輕輕嘆了一口氣，收好報紙，坐電梯上了二樓的餐廳。自從甜嬸離開，她大多是在外面用餐。餐廳裡坐滿了人，沒有合她心水的座位，她正想轉身離開，這時靠窗的位置上有年輕女子向她招手，或許是擔心她看不見，那女子欠了欠身子後站了起來。

這是一張精描細抹過的臉，臉部粉重，從那盈笑時豐富的面部表情中，她還是認出了絲曼。

這麼輕易收獲的夢境，她像是看到一隻野貓輕而易舉找到了自己的食物，隨緣的心態在左右感情

近三年不見，葦雨發現絲曼許多地方長高了，除了四寸水晶高跟鞋墊高了個子，鼻樑

高了，胸部也高了，反正愛美的女生隨著美容手術的高科技在走高端，把她並不出眾的相貌提升了不止一個檔次。一個丸子妹髮型，那一姿半態，似乎都是為了能討人歡心。雖然在脂粉中俏了幾分，但有一些霧茫茫的煙塵氣。

見絲曼黑色的衣袂透秀，一粒大大的藍紫色翡翠吊墜，呈水滴狀垂落在胸口，葦雨潛意識下挺了挺自己的胸。相比絲曼，葦雨的著裝比較職業化，黑色的西裙，燈籠袖的白襯衫。葦雨在絲曼塗著肉色指甲的右食指和中指上看到了被香煙薰出的蠟黃，不知道絲曼什麼時候學會了抽煙。

絲曼的情史開發得比較早，中學時期就玩拍拖，只是，到現在她已分不清是男人迷住了自己，還是自己迷住了男人。和男人一起久了，她的黏性比較大，幾乎離不開男人。對她來說，身邊有個男人，這男人就成了躺椅，會令自己的身心舒展一些。她曾經蒲夜店，盡興狂歡，借酒玩得過了頭，倒向陌生男子的懷抱，等那男子和他人起紛爭掄起了拳頭，才嚇醒了她的夜蒲夢，從此，她收緊了自己的社交圈，安份了一些。

沉溺在浮世中的女人，會少許多不實際的夢境，她們不需要精神慰藉，直打直的要男人擺在眼前的是合心意的物質享受。絲曼的情感生活，一份感情掰成幾瓣來用，身邊總有一兩個異性同時圍繞。此時，和她同一張餐桌的對面，坐著一位男士。

「很想你呀！怎麼不跟我聯繫？」絲曼那起伏的語調伴隨着親暱狀，很容易撫平過去的痕跡，令人忘記曾經發生過的那些不愉快。

「我也想你，手機壞過，失去了你的電話號碼。」葦雨說的是實話。見到絲曼滿臉春意盎然，葦雨眼角浮現出笑意。這是她難得的表情，平時她臉上總是無風無雨地掛著一簾平靜，沒有太大的心潮起伏，笑意很難抖落出來。

葦雨和絲曼相比形同兩極，情感世界一直是個空缺，所謂的初戀似有若無。感情方面，她不像其他女性在各種男歡女愛的場合進進出出，她只管自己好，遇不到好的男人，認命。她想通過婚姻走穩人生，她不想飛得高，害怕摔得重。

容貌姣好的女子，天生有一種優越感，喜歡等男人來追，總以為那種人生的願景早就有人為她們鋪設好了似的，只要往前走就能得到自己想要的，若不嚐幾口人間煙火，她們大多都少不了自視清高的通病，往往很好的機會排著隊失去後，她們才會一夜之間認識自己。

葦雨不想站在剩女的隊伍中，堅哥「三年必須走」的放話，像一道催命符在起作用，可是姻緣需要緣份，不是你急它也急著出現。

「這是吳先生，律師，業界可塑優才。」絲蔓熱情介紹，語氣是炫耀似的，就差說出他是我的男友。對面坐著的那位身穿深銀色西裝的男士，因戴著眼鏡，整個面部的重點突出在他較肥厚的嘴唇上。

如今的絲曼，對同齡的男生漸失興趣，情場上幾個來回後，遇到過一兩個愣頭青，他們的行為在街頭，思維卻緊跟著追星族，若跟他們一起生活，只有等著未來坐吃山空。空姐吃的是青春飯，絲曼最初的遊山玩水的興致已被長期飛行的勞頓所取締，做哪行都是一地的辛苦再搭上心酸。一個月前，她休假時參加社區一項公益活動，認識了吳生。他以法律顧問的身份登台講話，高檔銀色西裝上的白色方巾帕飾格外惹眼，加上細小得如同在喉嚨裡滑動的聲音捕捉了她眼光的流量。

女人喜歡一個男人時，眼光具有修補對方形象的功能。絲曼在他不高大的身軀上看到的是精幹。他的聲音細小，即使從話筒中傳出，她甚至沒有聽清幾句，但在聽眾一乍一呼的掌聲中，就覺得他領帶上滑動的喉結是那麼具有男姓的魅力。他的講話之後，有一段賓主之間的互動時間，她走近他，問了兩個有關法律的問題。我問你應的寒暄中，促成了倆人的相逢相識。

「很高興認識你。」葦雨一聽說律師，腦海閃現尋求法律幫助時甜孀的哀傷以及素菏無助的神情。眼前的吳生因職業貼上了法律的標籤，人生的價位似乎被名義墊高了不少，令他本人也熠熠有了光彩。葦雨望向他時，像看到了某種救援，雙眼不禁撲閃出一抹瑩光。這光亮，顯然被吳生捕捉到了。他停下切牛排的刀叉，目光在葦雨光潔的面頰上駐留了數秒。他聽葦雨說話，見她笑時眼角只那麼微微一彎，就月牙似地勾住了他的魂。在情感世界中，男人的眼睛，實用到除了獵奇還有獵艷的本能，身體的零部件似乎安裝了超級功能，第一時間就能捕捉到漂亮女人的誘惑。

此時的吳生，憑借看風使舵的本領，在社會上興起的創業大潮中，隨著各種公司企業應運而生之際，正好搭上法律專業的專列，僅憑普通大學學歷就進入一座城市有名的大廈中的一家律師事務所。沒有人比他更懂得借風起勢的含義，他的名片派發的速度反映出他的社交能力。他的社交圈子很大，教堂內也能見得到他的蹤影。社交活動能形成一種關係網，有助於他的工作。他不忘多交女友，有的女友不僅成了他的客戶，還會介紹客戶幫襯他的生意。

「這是我中學同學，葦雨。」絲曼邊說邊招呼葦雨坐在她旁邊。這是一個四人用的間隔式座位，桌椅都是鏤空雕花，坐在臨窗位置，透過防透視玻璃窗，可俯看窗外的車水馬龍，享受一種居高臨下的舒心。

映出臉上的淡淡的幽靜。

「就叫我榮樂吧，隨便些。」吳生用白色餐巾抹了抹嘴，對葦雨微笑著點了點頭。男人看女人憑直覺，他的重點在看面相。眼前這個女人，地格方圓，天庭飽滿，誘發他某種粗俗的慾望，令他一見到她就想入非非。他用情場豐富的閱歷去打量葦雨，她眸中的清亮映出臉上的淡淡的幽靜。

吳生在凝視葦雨時，握刀叉的手懸空凝固了一會兒，這個細小動作，沒能逃過絲曼的眼睛。這時的她似乎有些後悔，不該一見到葦雨便不思前顧後就打招呼。

葦雨見吳生在向餐廳侍應招手，想幫自己點餐，連忙找借口：「不用啦，你們先吃吧！我忘記了今晚需要提早回家。」這種西式格調的餐廳，精緻，暖色調，更適合關係親密的人士聚在一起，葦雨覺得自己坐在這裡，顯得有些多餘。「我吃好了，如果小姐不介意，我開車送你回去。」吳生說完站起身，突然意識到絲曼的存在，於是又欠了欠身，對絲曼說：「對不起，你慢吃，我先走了。」隨即招來侍應生刷卡付費。

絲曼剛喝了一口羅宋湯，便放下湯匙，盯著吳生的側影滿眼的疑惑，自己比葦雨性感，時髦，可是只要葦雨站在身邊，不知何故她永遠比自己更討男人喜歡。

吳生擔心葦雨轉眼不見了蹤影，完全顧及不了絲曼的感受。倆人的約會由頭至尾都是絲曼主動，他也只是剛和前女友分手，需要另一個女人來補缺，也就不想拂去絲曼的心意。

男人若事業有成，底氣就是有金錢傍身，這個時候便成了女人眼中的海底珊瑚礁，她們會像魚一樣穿梭在身邊。在他看來，那些不請自來的女人，如同他盤中牛排旁邊的松茸青豆之類，只是配菜，吃不吃，要看自己有沒有胃口。

他隨葦雨一同坐電梯下了樓。葦雨走得很快，她不想讓自己成為感情的絕緣體，但也看出了吳生的身邊有一雙絲曼跟蹤的眼睛。他接連幾個快步，把葦雨攔在街邊的服裝櫥窗邊。「不必躲我，我不吃人。」說完，把一張名片遞在她眼前。

「我和絲曼才認識，並沒有拍拖。」他知道需要作點什麼解釋。她接過名片看了看，前景律師事務所？像在甚麼地方看見過。

「我開車送你。」他友善地一笑，並用手指幫葦雨拂去垂在前額上的一縷頭髮。他看著她時，那一臉溫柔的佈局，令葦雨的一顆心在不經意間淪陷。

這是一種不需要太多贅言的情感前奏，一拍即合便直奔主題

在情感世界中的男女都是攝影師，偷拍，抓拍，閃拍，各顯其能。葦雨的情感生活進入了閃拍狀態，第一個週末，吳生就和她約會了。

有了約會，她的著妝風格一改職業裝束，第一次素花紡紗罩體，玉潤般的鵝頸上戴上了白金心型碎鑽墜飾，平底鞋換成了高跟鞋，扭頭轉身間，多了些女子的嫵媚。他的年紀差一歲大她一輪，因為年齡上的差距，無論如何她都無法開口去叫他榮樂，像是在把一個大叔生硬地叫成大哥一樣，會叫得自己的毛孔冷縮起來。她用吳生稱呼他。他一見到她，通過鏡片便能夠透視出他眼中的凝視，親暱地把臂彎靠向她。很自然地，她伸出手挽住它。

「你噴了香水？」他的嗅覺很靈敏。「是。」她有一種得意，身上的香水味會被他很快嗅到。「不是Lancome？」他扭頭看了看她。「這，重要嗎？」「寧可不用，劣質香水會讓女人的魅力打折扣。」他抬手幫她撩了一下貼面的一綹頭髮，這是他常有的細心之舉，然後才把之前的話做一個補充：「體香好過酒精味。」

他似乎比她還懂女人的用品，成熟的男人就是這樣的吧，她想。「我工作運程不錯，剛當上合夥人，但缺少桃花運，找不到合心意的女人。」他對著她，說得那麼真真切切：「我是正牌無妻無妾無小三。」葦雨聽得仔仔細細，合夥人的概念她不是很清楚，只聽懂了他後面那句話的意思，於是打趣地說了一句：「你怎麼可能找不到女友？你是女人熱搜的目標。」「你的小腦瓜怎麼這麼想，要知道，marketing and sales 是我的弱點。」「你要求的短線型的，更快甩手，是吧？」她試探性地這樣說。「我，重長情。」他不直接回答，而是說：「我希望我們肉體和靈魂都能夠相通。」然後情意濃濃地注視著她。他似乎站在一個很高的臺階上俯視著愛情。

認真投入一段感情的女人，一顆心被這樣的柔情蜜意一浸潤，大多已經找不到北了，葦雨也一樣。她渴望關懷渴望愛，這是一種自小就有的渴望。

有了開頭，便有了接二連三你情我願的交往。雖然她喜歡的是中餐，但還是隨他的喜好，陪著他來到西式餐廳吃牛排。餐廳不大，但精緻，水晶裝飾，加上餐檯上擺放的藤籃插花，優雅的環境足以調動人的七情六慾。

餐廳的牆壁上有電視在播放節目，雙眼放在那裏可以採集到城市的焦點新聞。倆人相對而坐，之間隔著不足一臂之長的距離，只要身體前傾，彼此能夠採集到對方的呼吸。他看她的目光每一寸都注滿了脈脈含情。

「適當吃肉類，吃自己喜愛的美食，可以增加俗稱幸福的 Serotonin 物質。」吳生對眼前的食物，有自己的解釋。雖然現在餐桌上流行魚翅甲魚大閘蟹，但他改不了外出吃牛排的喜好，這是他父親帶他吃出來的習慣性的口味。

他選擇吃牛排，為她點的是這家店裡的招牌菜牛肉，說是用了二十四小時烹煮，是用美酒泡製出來的，味道獨特。牛肉的份量多，她最多只能吃半份，想要他能幫她吃下另外的一半，這樣不必浪費。他說：「最好自己吃自己的，不用擔心，我幫你買單。」似乎在暗示，他是她的飲食靠山。「下一次，我帶你去吃牛扒自助餐。」他的話語中有很多的下一次。她所要表達的意思和他所領會的意思顯然不一樣，但並不影響倆人繼續交談。

三成熟的牛肉最合他的口味。在熱氣蒸騰中，他一下又一下往牛肉上淋上濃濃的醬汁，然後晃動著刀叉左右開弓，一小塊一小塊地切開，等牛肉紋路中沁出血水，他才把牛肉送入口中細嚼慢嚥，用牙齒的堅硬去磨碎牛肉的韌性，直到舌齒品出牛肉連同血水的味道來。他喜歡澳洲牛肉，更在乎口感，說是吃草比吃飼料長大的牛，肉質更嫩更鮮美一些。他吃得很慢，咀嚼著牛肉，更像是在咀嚼時間。

她抿入一口青檸冰茶，不由雙眸流轉，近距離去端視他，想知道自己究竟喜歡他什麼？他的面孔五官的搭配左右兩邊有些不對稱，但只要他一笑，就調合了這種直覺。「你和其他女孩子不一樣，獨有的可愛。」這樣的話，他自己也不知道曾經對幾個女人說過，只知道很管用，女人都喜歡自己在男人眼中的與眾不同。「因為，我是女人中的鈍品。」她手撫玻璃杯，冒出這樣一句話：「遲鈍。」「是營養燉品。」他說時笑了，嘴邊的波紋一展開，臉頰上的肉看上去似乎多了一些。

葦雨對情愛的遲鈍觸覺迎合了他的心意。一個如同游在淺水池中的女人，灩灩光波

中，不用出浴，都能令人一眼見底。在葦雨淺淺的心思中，吳生不必費力就猜得出六、七分。

如今，玫瑰花束已架不住眼光向上看的女人。在他看來，身資豐厚的女人，不是公主脾氣，就是萬人迷股喜歡招惹無數醉眼上身，情感世界的颶風發作起來，足以擊碎為這種女人推出的十塊擋風玻璃。除非虛情假意，不然男人稍微入戲，便會累得身心俱疲，心理壓力很容易壓縮成心理障礙。在男歡女愛中，女人若是狠性起來，他再雄性十足，也會招架不起。不是每個女人都是好惹的，春情蕩漾的女人不好駕馭，而眼前的葦雨在他看來容易相處。

如今頭頂禿出的油光讓他知道，腹部日積月累在膨脹，已過了而立之年，心理上和生理上的需求達成一致，那就是需要一個家。他的眼光轉去打量葦雨的V型衣領。他對女人的看點和其他男人不一樣，就如他工作上的思維方式和其他人不同一樣。他需要啟動腦洞的一閃念，那裡面有一串合心水女人的備份：靚麗的面容，妖嬈的身段，良好的家庭背景，優質的遺傳基因，這都是他在不同人生階段累積的魅力女人的範本。水深魚大，但難養。鬥嘴不攻心的女人，城府不深。最後目光鎖定在清純一類的女人身上，理由很簡單：不累人。

葦雨對男女之情的理解只有這麼多，把書中看過的連番兜出，也沒有他一半的見識。現在流行試婚，只是一試二試後，婚姻對他來說已沒有了洞房中的神秘和甜蜜。他自知不夠帥氣，但依舊可以成為女人眼中的男神，因為職業給足了他做男人的光環。

聽他一句一句地說著法律，她感覺他是那麼高深

「他們串謀……」牆壁上的電視屏幕上傳出一位老太的聲音。電視內容在切換，剛才還是新聞，現在是「城市 360 度」，追訪的都是一些有關上當受騙，爭產奪利，親情反目方面的世態炎涼的城市故事。

葦雨的眼睛盯著聚光在鎂光燈下的老太在看。老太在抱怨法官裁決不公，哭訴律師在欺騙她，沒有把她的材料全部呈交法庭。老太的女兒曾是當紅女星，幾年前留下一大筆遺產，交給信托公司管理，引發爭產。老太在原訟庭被判敗訴，輸了官司，不服氣，重新上訴，又陷入新的輸局。在媒體對老太和女星母女之間感情冷淡、形同路人的故事挖掘中，很容易帶給觀眾一個負面的印象：這是一個貪財的老太。

「為什麼她會輸？」葦雨在為老太抱屈。「她的案子，我的老闆在處理。」吳生並沒

有回答她的問題，而是把「我」字加重，意在表明自己的老闆處理的是可以上電視新聞的大案，似乎傍著大律師頭銜的頂頭上司，臉上會沾三分的光彩。接著他又補充：「重新上訴需要找大狀。」「大狀？」她第一次聽說。「就是大律師，我的老闆就是。」他點了點頭，簡要回答，又補充了一句：「大律師不能直接找，要通過律師事務所。」「結果還是輸了？」葦雨看到電視中的老太在抹眼淚。「證據不足。」吳生向葦雨解釋說法官裁定老太敗訴，律師事務所並沒有作出疏忽行為。

「法律是不是律師說了算？」她有些迷惑。「怎麼這樣說，證據說了算。」他很認真地回答。「出示的證據真的變成假的好，還是假的變成真的好？」她的思維隨著著電視畫面中的老太在轉。「你的問題怪怪的。」他不知道葦雨是故意發問還是真的對法律知識一竅不通。

「律師之前說我的官司勝數很大，為何會輸？還要收我兩百多萬的官司費用，哪有這種道理！要錢沒有，要老命就有。」被追債的老太泛白的髮絲在風中顫動，說得聲淚俱下，看上去很委屈。

「法律，很複雜。」葦雨看著老太哭訴的鏡頭，不由心生同情。「她在無理取鬧。」他似乎對電視中淚眼婆娑的老太無動方於衷，只顧大口喝著檸檬水，聽說這種水有消脂的

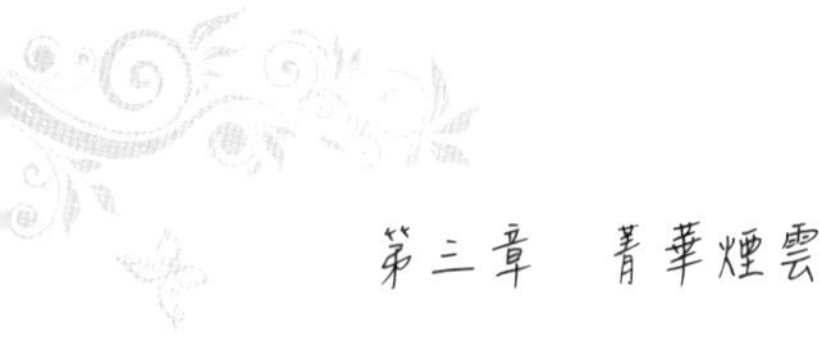

功效，他需要對剛吃下的油膩作及時地處理。

「母子爭產，兒子有父親要他繼承遺產的平安紙，母親有夫妻婚後共同簽署的房產證，母親會爭不到房產嗎？」她突然發現身邊有個律師男友真實用，可以向他提出她想要知道的法律問題。「從法律角度來看，母親的權益有保障，但要看具體情況。」他只提示，不點明。他的這種回答技巧在她看來像是算命術語，把人的心懸空，上升下降都行得通。

「這種官司可以交給我，需要先立案。」他用餐巾紙抹了抹嘴，又補充說：「如果你有其他朋友需要法律上的幫助，可以來找我，我願意效力。」她立即想到了素荷那空茫無助的眼神，或是說這眼神一直盤踞在她腦際，於是把素荷媽媽想離婚的情況說了一遍，並說因為找不到男方，無法達成離婚協議。

「房屋在哪個片區？」他打斷了她的話，似乎想抓住話題的重點。「南區。」她想了想說。「是銀行按揭貸款購入的嗎？」他又問。這讓葦雨覺得像是在進行樓宇買賣。她聽甜嬸說過，律師喜歡盤根問底，把人問得沒有隱私，沒有尊嚴。葦雨沒有回答，因為她也不知道，只是問：「朋友的父親失蹤了，案子複雜嗎？」她邊問邊把眼前的沒有吃盡的食物推開。他為她及時遞上了奶油蘑菇湯。

「要看誰在處理，交到我手上的案子，不存在複雜。用我老闆的名片可以免費出庭應訊。」她看著吳生說話時兩眼放光的神情，似乎看出案子能成功應該不在話下。看來找一個名律師就是不一樣，三兩下就可以把人的思路理順。她不禁按動手機用短訊的方式向素荷發訊息，把吳生律師行的電話號碼及地址也發送給了素荷。為了讓素荷放心，末尾補充一句：吳律師是我的新貴。

這時傳來一陣陣的歡呼聲，餐廳牆上電視裏正在播放奧運會的火炬傳遞儀式。過一段時間火炬傳遞將途經這座城市，奧運新聞已經成了熱點新聞。他邊吃邊看了看電視，說：「等你介紹給我的案子成功了，我帶你去看下一屆奧運會的開幕式。」

他的手機在響。他有兩個手機，一個是工作上用的，一個用在生活中。一餐飯的時間，其中一個手機密集轟炸般閃了好幾次。

他先拿起工作手機撥出電話，笑容也隨即閃現出來，連聲音都帶著笑意：「Hi，賴法官，最近忙吧？哈哈……嗯，一定照辦，你明天留意一下我的郵件，好，好，拜拜。」放下電話，他才開始接聽另一個一再打來的電話。

「是這樣，不用等我了，明天我也來不了，手頭上積壓了一些工作需要處理……好，就這樣。」掛了電話機後，他朝向葦雨特別補充了一句：「是絲曼打來的。」這麼明明白白的一句話，已挑明了他的感情取向。

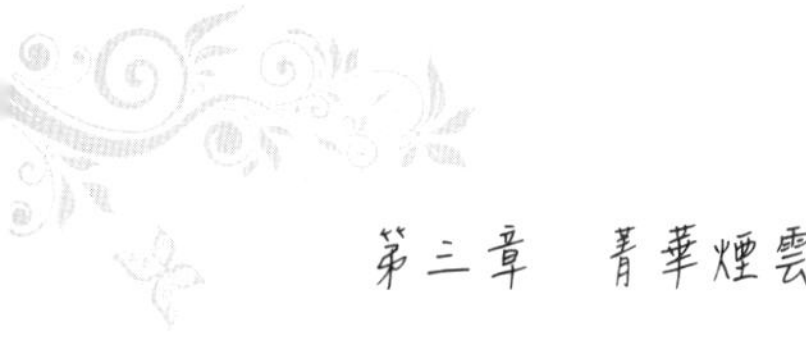

現在，他對素荷媽媽的離婚案很感興趣，一再表明願意效勞。

倆人談了很多話題。他似乎也在計較葦雨計較的東西，葦雨在他面前不願提及自己的父親和成長環境，他也一樣。每個人的心裏都存在沒有光照的地方。

人前他鮮少談到自己的父親，他更喜歡說起自己的老闆，他一口一聲我的老闆，似乎老闆是他再生父母。那大律師的頭銜令他臉上有光，這是他未來的目標。

從小他就有一個謎團：父親的錢是怎麼來的？

一切轉變得太迅速，就像電影裡的蒙太奇

小時候，他住在下角區狹窄的房屋裏，母親起身打掃房間或為他鋪牀時，常常不小心不是碰痛手肘就是撞青膝蓋，發出哎喲的撞痛聲緊貼他的記憶。「仔仔長大有錢儲，買間大屋阿媽住。」他聽著母親自編的歌謠長大。

父親出現在他的記憶裏，是在他八歲那年，之前好像失蹤一樣，而母親總是以「爸爸掙大錢去了」作搪塞。父親帶給他最初的記憶，帶著鹹酸的汗臭味。有一天，父親突然說要搬家，當真就搬了，一家人住進了一套兩廳兩室的新房屋。他不用睡架子牀了，家裡

的那把搖不出幾陣風的電風扇換上了空調。以前家中裝滿母親的叫苦連天聲，現在變成了父親一會兒拍拍真皮沙發，一會看看剛換上的二十八吋新彩電，然後一伸頸向著天花板發出：「終於活得像個人樣了！」那種生活的一百八十度大轉變，令他就像是坐在父親踩著的三輪車上的幼童，一晃一蕩的，忽然間晃蕩成了坐在父親私家車上的少年。

「爸爸哪來的這麼多錢？」有一天他好奇地去母親。母親支支吾吾的話語，聽起來一向很費神，上一秒說是買彩券中的大獎，下一秒又說是買對了股票。母親這一生只要提起父親，似乎就張口結舌說不清楚一句話。

他從電視中看到有銀行押款車途中翻側的新聞，曾一度猜想過類似的鈔票會不會落在父親手上？不過，在他父親的眼裏，錢怎麼來，少管，怎麼去用才重要，歷來英雄莫問出處，錢就是父親的英雄，幫父親贏天下。父親用一包他最喜歡的巧克力豆去堵他的嘴：「不要再問了，還要不要吃？」當父親聽他說長大想做和爸爸一樣的貨櫃車司機時，大罵他沒出息，緊接著後腦勺挨了父親一抽，用的是拖鞋。

「一定要當律師！」父親說此話時幾乎在吼，似乎他飽受了什麼冤屈，要借律師的行業來幫他雪恥一樣。父親對他的影響不能說不大，做人做事，需要發狠，才能強大。後來，他真的入了律師的行業。只是，等他真的能掙錢了，父親卻暴病走了，病癥和錢的來歷一樣，查不出原因。

父親那筆不明不白的錢對他的困擾，慢慢轉換成他工作上的動力，每天他想得最多的是如何賺更多的錢。生活中他也需要女人，但女人的位置在他的心目中，是手上五根指頭中的小拇指，再纏綿的夢，他也不會深陷在溫柔鄉裏。生活日程上他有明細表，工作排第一，它是金錢的來源。律師事務所涉及的業務範圍很廣，工作事故，商業糾紛，人間黑白喪喜事，方方面面的人間不平事，似乎都有機會成為案子擺放在他的案頭，這是他理解中的滾滾財源。他的胃口不知何時撐大的，恨不得伸長手臂，攬下所有和法律相關的業務。

就這麼，只需一餐飯的時間，她的工作地點，生活習慣，人脈關係，飲食偏好，都被他摸清楚了。他把職業習慣靈活貫通運用在感情上，很奏效。

「我會結婚，等我再多儲一點錢，換大屋。」他伸出手合握她撫杯的手，鏡片後的眼睛裡盈滿殷切之情。她無力掙脫他伸來的手。她觸碰到了他左手中指上的戒指，在情緒的視窗中瞬間彈出不高興的表情。他竟識到了，不動神色地除去了那枚戒指，草草賽入褲袋內。他告訴她，他把她裝在了心中。

「如果不在意，住過來吧！」他的話很得體，沒有衝擊她的敏感度。情感上的存在，更像是心儀中的兩個人一起搭建的雕花餐檯，隨便擺放一件有關兩人世界的話題，用柔情蜜語浸泡一下，便會醉倒一片天。

她看了看他眸中殷殷的期待，沒有點頭也沒有搖頭。他的出現，超出她的期待值，尤其是他的未來大計，不是一般男人所能企及。

現實中的情愛已經明碼標價。她非常清楚自己心裏的祈盼，被有居屋的念頭所佔據。腳步是跟著念頭的方向去走的，只要在心理上安裝一個凡事不要太在乎的小程序，便自動成為行為不受管控的VIP。

「想不想我做你的文秘？」她試探式地問。他抬眼看了看她，說：「做我的生活秘書，不是更好嗎？」然後，他在她的手背上輕輕拍了拍：「記住，讓你朋友的媽媽和我聯絡，因為你，我願意效勞。」

第四章　汲汲求存

沐浴在愛河中的男女，四目交織後，舉手投足間都是激情蕩漾出的行為藝術

大堂的保安，面無表情地用冰涼的眼神審視著門口出入的人影。葦雨被吳生牽著手穿過大堂，再進入電梯，直達十四樓。人在緊張時，似乎四周都佈置著打量人的眼睛。

感情就是這樣電梯式攀升，少了扭捏作態的多餘環節，直撲浮冰溶於水的戲劇性情境。

推開門的一瞬間，彷彿走進了一個佈局一新的樣品房。室內家俬簡單，擺設講究，像

是專人設計的。當律師就是不一樣，她心裏這樣在想。她對居住環境特別敏感，因為從小到大，周圍就飄浮著為住房撕裂親情的世繪圖。

不過，他說無心長期居住在這裡。他在處理案子的同時，也在關注樓盤的買點和區位，慾望隨同樓價一起飆升。

客廳裡最顯眼的是一個偌大的彩色魚缸，它緊靠電視櫃。魚缸裏飄浮的深綠色水草，連同紅色珊瑚礁，令這所房間有了色澤。葦雨一進門，就聽到從魚缸旁的一座假山上引入魚缸中的電動水流聲。「你養魚？」她問。「對，有水招財。」正如他所願，魚缸成為大凡走近他室內的女人的第一個看點。

他趿著一雙拖鞋，似乎早有準備似的，另外一雙女式拖鞋在等著她換上。

她的視線被魚缸裡的色彩吸引著，走近魚缸，發現只有一條兩根指頭般大小的魚，扁形，她問：「這是什麼魚？」他答了，怪怪的一個名字，因為魚不好看她也就無心去記。「只養一條？」她又問，魚一動不動像是在聽。他說是其他的魚被牠吃了，還說吃同類是牠的屬性。

她看著魚缸裏的魚，想看出牠的肚子裏能裝多少魚。不知怎麼，眼前這條魚她看在眼中，腦海閃出江洋大盜的幻像。那魚似乎看出了她對自己的不滿，同樣瞪眼看她。據說魚是有智商的，也有記憶，這就是說牠知道自己在幹什麼。

她問他為何不養金魚？他說他要的是品種，這種魚，壽命長，又補充道：「牠特別，銀色。」他把贏字的諧音注入他所喜愛的物品中，他似乎在提醒她。難怪，他的西裝都是以銀色為基調。她環視了一下室內，沙發，地毯，窗簾都是清一色銀色，他已把銀色當成了癖好。

品種？她不懂。她不知道他喜歡她的不懂，這樣不必有太多的防範。有些女人他不敢靠近，嫌麻煩。之前的女友是記者，每天都像是要在他身體上捕捉新聞一樣，連他胸口上的一粒黑痣也要聚光訪談般地追問：「怎麼長這麼大？會不會是有什麼病變？」嚇得他著實緊張了一番，隔日便去約了皮膚科醫生，結果虛驚一場。他也有膽小的一面，把自己的命看得很重。之後，再也沒有讓那記者女人上他的床。

他把葦雨領到沙發上，然後從冰箱裏取出飲料，問她喝啤酒還是果汁。還未等她開口，便把一杯淡茶色的冰鎮啤酒遞給她，說：「試試 SAPPORO，日本啤酒，好喝。」她很渴，人在緊張時身體散熱的速度很快，水份也隨著蒸發。她接過啤酒小心地抿了一口，想不到十分爽口，忍不住連喝了兩口。

她的目光很快又被他手上開合流暢的撲克牌所吸引。她扭過頭，看到銀色翡翠茶几上的撲克牌，扇狀鋪開在那裡。他走過去收拾牌，並把她叫到身邊坐下來。他先給她看四張牌，讓她記住自己喜歡的牌的數字，不要說出來，接著就不斷地洗牌。他把牌飛花揚絮般洗了又攤開，雙眼並不看被自己雙手翻洗的牌，然後另一隻手在空中一晃，迅速從牌中取出一張並亮出來，竟然就是她喜歡的那一張牌。

「原來你還會玩牌？」她的眼中再次跳躍出一簇驚奇的光亮，他的一舉一動似乎都藏著法律的深奧思維。

「會玩的東西多呢。」他說。收好牌，他似有若無地抖落出一句話：「玩轉了，本事就是自己的了。」對他來說，手上的這副牌已經玩順手了，閉著眼睛都可以玩給別人看，想甩出一張Q，就不會讓人看到K。

這時，她收到素荷的短訊，和她約見面時間。現在她們的話題都離不開素荷媽媽的離婚案。她幫素荷就像是在幫自己，她很想盡心盡力。

「聽素荷說她媽媽上星期去你們律師事物所簽了合約，那三十二萬是押金嗎？」她問。這是素荷發訊息告訴她的。「你是這樣理解？這是律師在這宗官司中服務收費的上限。」他回答，手上仍在玩牌。「上限？也就是說她媽媽除了現在交付的三萬元費用，以

後還要陸續交錢嗎？這只是離婚案，收費有需要這樣複雜嗎？」她突然覺得大商場明碼標價的好處，律師收費，這樣下去像是一個無底洞。

「你問的是外行話，你不是呈請人，跟你說再多，你也不懂。」他說。她面對他說的話眨眨眼睛，聽來聽去像是在看萬花筒，可以幻化出不同的圖案。說自己一點不懂法律好像是沒讀過書，可是，她真的不懂他所說的法律。

見她不語，他接著又說：「要相信法律。」他比誰都知道，法律是許多人心目中的標桿，這樣的話，很容易點亮他人的信心。「法律很深奧。」她回應。

「我的女巫，案件交到我手上，我知道如何更好地處理，你不需要操心，只需要快快樂樂享受和我在一起的時光。」自從他知道，有些不能正解的事物常會在她腦海具像，於是就常這樣用「我的女巫」來親昵地稱呼她。對他來說，這個時候談感情之外的事情，實在是有些煞風景。況且，法律是他的職業裝，回到家應該脫下，還原本真的自己。

他取出他的珍藏，打開來，是一些蝴蝶標本。他說這些蝴蝶都是些在公園或野外捉來，夾入廢棄的書頁中，神速製作成的，放在彩頁紙上裝幀一下，便是他眼中的藝術作品。他製作蝴蝶標本的方法和別人不一樣，不要求精美和立體感，只為了用色彩取悅自己。他展示給葦雨看，意在表明自己涉獵廣泛，以此採集葦雨對自己的仰慕之情。那些蝴蝶的液體如何在書頁上迸濺，一隻隻鮮活的生命如何瞬間消亡，他沒有說。他比誰都清楚，一些物種的悲劇，是另一些物種的快樂，他只著眼於自己的收獲。

之前的一切像是前奏，灑下一些讓女人崇拜的雨點，隨後，他便不管不顧自己的形象，西裝一除，眼鏡一摘，體態和眼袋都全盤鬆弛下來，頭頂和鼻頭的油光似乎因他的興奮分泌得尤其旺盛。

脫下戲裝，便沒有了王子。

她像是不認識似的直愣愣地注視他晃動著的肚腩。這轉眼間變化的速度太快！生活中的滑稽之處，就是不知道自己何時也會傻眼。而他，眼中殷殷切切，拍拍沙發，還沒等她靠近，便用一個前傾動作把她摟入了懷中。

愛和慾望有時難分難辨，融合在一起，便是情感世界中的你情我願

在一個陌生的環境裡，她有一些不知所措，慾念不能完全調動起來，只剩下機械地由人擺佈。她的身體很快陷入被當泥人捏的狀態。他有幾個月沒有近女色了，有些急不可待。他的氣息粗糙得像在細砂紙上打磨生鏽的鐵器聲，影響到她的呼吸不暢。

室內，回蕩著盤式錄音機中傳來的樂曲，雄壯有力，不是她喜歡聽的輕音樂，於是問：「什麼音樂？感覺像是在相互廝殺。」「這是狂想曲。被你這麼一說，樂感都被你破壞了。」感覺不到位，她似乎不怎麼投入，他的亢奮覆蓋在她身上，便形成隔熱的抗拒膜。她沒有經驗，欲迎卻拒，身體蜷縮，令手忙腳亂中的他沒能在沙發上躺成一定的重量，旋即被她猛力抬起的一條腿掀翻在地板上。

咚地一聲，他倒地的聲響，收入了彼此都不好意思看對方一眼的尷尬中。她的心隨即也跟著咚地一聲，雷鳴般隱隱掠過一種不順的預感。好在拉上遮光窗簾的房間，可以收集一切，包括聲音，不會傳播出去。

空氣有那麼一瞬間的凝固，不過尷尬的局面很快被他用言語稀釋了。「你像一匹難以駕馭的馬，表面溫馴。」他說時席地而坐，神情有些狼狽。她斜靠著沙發，眼光正在搜索著如何跳過躺地的他的赤條條的身體，以便落在一個合適的地方。他調整得很快，迅即又坐回到沙發上。

她的思緒脫韁，在自由奔馳。耳邊，繼續回旋著他播放的曲子，旋律激昂，還帶節奏。這個世界，不管自己願不願意，許多時候都得接受它所有的荒誕不經。

他想抱她上牀，但失敗了，看似粗壯的手臂，只具有在法律條文上簽署的力量。他把她擁向了牀笫，然後用手把她的絲光襪迅速扒出靜電的聲響。

只需搭建一張牀，便可將女人的過去和現在一次性地覆蓋。夢轉百迴，也不抵女人的身姿如花般開放。一切對她而言都是嶄新的感覺。她從未如此仔細感受過男人的懷抱。此刻，溫暖環擁著她，令她鬆懈下來的身體幻化成細軟的沙灘，接受著一波連一波浪推潮湧的撫慰。

「這一刻，我們合二為一。」他在她耳邊細語，嫻熟的手能準確拿捏女人的興奮點。耳鬢廝磨的夜晚，被他用許諾鋪成了錦綢絲緞。她腦海幻化出一隻蜜蜂鑽入了一朵鮮花的花蕊中。嗡嗡嗡的聲音在響：「我第一次遇到，讓我如此投入的女人。」他伏在她耳邊說著情話，都是些穿越了時空的愛情故事中的複印句。這些情話會在她的腦海呈現出幻象，她看見女巫把蛊種在深夜，然後數不清的螢火蟲在灌木叢中閃現出來，忽明忽暗。

兩個人的狂歡，只需有過那麼一次活色生香，便一發不可收拾。直到她在他的粗喘中感到快要窒息時，啄木鳥圖案的壁鐘敲出一聲響，令她有了夜半的時間概念，也有了感覺，自己在用身體走進了一個男人。

他伸出手，去關閉床頭的檯燈。

男歡女愛就這樣被兩個人狼吞虎嚥下去，感覺的胃口是否受得了是另外一回事，只等在生活中慢慢消化了。這樣令兩性關係發酵的速度，因為各懷打算，輕快得好似在撰寫一篇微型小說，寥寥數筆，完成一個故事的首尾相接。

當一個成熟了的女人被一個男人吻遍全身時，一夢華胥，她的整個心思開始貫注於他的身上，他成為她的整個世界。她忍不住勾著他的脖子，在他沁出油光的額頭吻了一下。男人的味道，女人若喜歡，再刺鼻都是香料。她把自己投入他的懷抱，當作自己命運的一個轉彎，還有三個月，堅哥口中的三年就到期，內心的百般滋味，輾轉在夜半三更未眠時。

臥室的門沒有關上。她扭動了一下有些酸痛的頸項，視角正好斜對著客廳裏的大半個魚缸。有細微的水聲，像是魚缸裏的魚在翻騰。透過客廳那盞自動調色壁燈發出的微光，除了可以看到魚缸裏夜遊的那尾魚，還有一雙若隱若現的老人的眼睛。

偌大一張牀，伴隨著她的身體躺下的，還有一種不安穩的感覺。

兩個涉世不深的女人，在各自思維的架構中，猜度著她們心目中的法律

情愛之門打開以後，葦雨發現自己走起路來，腳步都明快了很多。

她收到素荷發送的好幾個短信，都是有關她媽媽離婚案的。因為溝通上的問題，她需要和素荷見見面，順便把吳生對案件的看法當面傳達。她覺得自己在起著牽線搭橋的作用，加上奧運會開幕式的門票對她不能說沒有吸引力，同時也希望素荷媽媽能儘快爭取到自己的權益，幫人又幫己。

倆人相約在葦雨公司附近的一個小型公園見面，那裡有一個休憩亭。倆人的作息時間不一樣，葦雨的下班時間正好是素荷的上班時間，而週末及節假日又正好是素荷工作最忙碌，平時很難相約一起，於是選擇了午膳時間。

素荷是調酒師，她工作的酒吧，葦雨途經過幾次。酒吧面街而設，不大，但落地的茶色玻璃門面折射出某種誘引。吧檯，吧椅，杯盞，色彩，組合出一屋子怡情的格調，人一坐下，就徒生一種今朝有酒今朝醉的悠閒自在。

因為報紙報導過，酒吧名氣大升。素荷很投入她的工作，薪水也順理成章在向上推高。

素荷小時候生病發高燒而毀壞了她的音聽世界，這是父母只顧著爭吵，沒有及時救治留下的永久病患。她的樣貌正如她的名字，只需淡掃娥眉，便可粉嫩嫩地出妝。她的頭髮濃密，喜歡辮髮造型，時而挽個髻，時而蕩成馬尾辮，秀髮麗顏，從哪個角度看，都不存在硬傷。她喜歡著寬鬆的上衣搭配短裙，輕盈的身姿把那兩條修長的玉腿襯得流光滑潤，

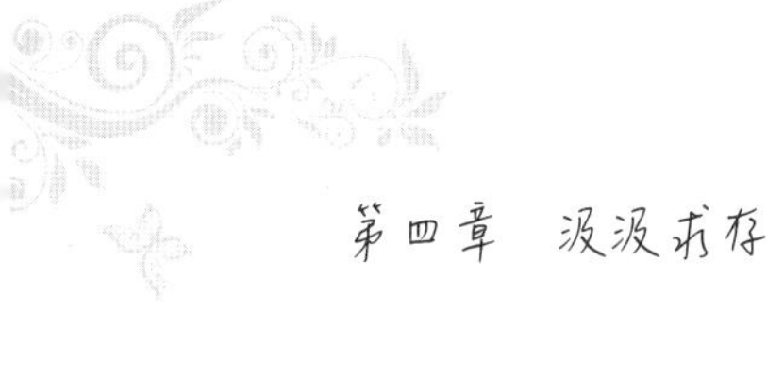

在燈紅酒綠中，和一眾濃艷的女郎相映互照，顯得清麗灑脫。

酒客們的眼光更喜歡從她兌雞尾酒的秀手移動到她的靚頰邊。酒好人美，打響了酒吧的名聲。只要素荷當值，酒吧裡常客滿坐，有品酒的，有嘗鮮的，也有獵色的。素荷如同勾兌她手中的雞尾酒一樣，勾兌著屬於她自己的人生。

曾有酒客拿著一本色情雜誌，把素荷和日本的一個艷星作比較，並直呼她美子，說她長得像日本人。體態還是樣貌？她不問，只是笑笑。像誰又怎麼樣呢，她的外婆就是日本人，隔代了的基因可以遺傳也可以改造，再有，她從不追星，只想有時間幫補家計。她以為只要努力打拼，攢上幾年錢，媽媽就可以買房住，可是媽媽告訴她手上的這點錢連付首期都不夠。母女倆的心思在生活的河道上打了一個水漂後，又回到原點：需要爭取住房。

素荷笑著告訴葦雨，等有一天我有自己的酒吧了，我請你到我的酒吧來喝酒。褐髮下，她一雙鳳眼盈滿笑意。這樣的笑很暖人，若知道了她的這種被金錢卡在不寬裕地帶的生活窘境，這笑會隨輕風搧動出一些令人揪心的疼痛。

葦雨從沒有走進過酒吧，自我論定是消費級數不夠。這次也和往常一樣，路過酒吧，只是從門口向裏張望了一下，算是過過癮。「怎麼不進去？」一個聲線厚重的男聲從身後傳來。葦雨回頭一看，是個戴墨鏡的男士，面部很好看的輪廓，令她有一種哪裡見過的感覺。

葦雨正想回一句話，但被男士身邊閃出的一個高個子女人的嬌聲嬌氣的聲音擋回了：「豪仔，進去呀！」男士手臂上的紋身圖案從她眼前一閃，留給她從藍格子T恤衣領中伸出的一個大背頭的背影。

講究一點的酒吧，講的是消費能力。葦雨自知像自己這樣的工薪階層，即使能坐在星巴克喝杯咖啡，思維也要在大杯小杯的價格比中溜一趟才能做決定，何況酒吧。

「這條絲巾真好看。」素荷提前坐在休閒亭等她。一見面，素荷的目光就被葦雨寶藍色印花的絲巾吸引。「你也喜歡絲巾？」素荷說主要是隨媽咪的喜好，喜歡白色或墨綠色的素色絲巾。葦雨說以後會留意一下。

她們去了小型公園附近的一家餐廳。餐廳裡面座位簡陋，且不方便久留，不過，這家餐廳的瑤柱牛筋牛肉河獨具美味，吸引著一眾顧客。倆人面對面坐下，座位旁，擠坐著一個貌似菲律賓的女傭，但並不影響倆人的交流。

要約素荷去好一點的餐廳很難，理由是那些食物不合口味。話雖這麼說，她交談中不時會提起小時候爸媽經常帶她去餐廳，吃她喜歡的貴妃雞、燕窩蛋撻，外出旅遊時去旋轉

餐廳，吃到的食物都是她記憶中收藏在唇齒間的親情和美味。

葦雨心裡非常明白，素荷是在節省，即使葦雨請吃，她不去是不想欠下人情。她們母女倆只要能省下房租，生活才有起色。這個社會一套住房就可以劃分出一個人在社會上的生存等級，若是一夜房屋升值，豬籠進水般，連帶房主一夜暴富。房屋和房主成了一種連帶關係，樓市更像是當鋪，房主不自覺地變成了房屋的抵押品。

這是父母之間的恩怨惹的禍，令素荷的生活一下從塔尖跌響在地面，但她似乎能理解自己的媽媽，從來沒有一句怨言。母女倆相依為命，幸福對她來說就是媽媽守候在身邊的愛。她還體會不到如果愛裡面缺少了物質條件，會埋藏著不小的苦難。父親留給她的記憶，除了背影，還有在她五歲那年給她講的一個故事。「好聽。」那時她還未失聰，能親耳聽到父親清亮的聲音。她倚在父親身邊，邊聽故事邊吃著菲傭遞送的切好了的新鮮水果。她被父母捧成了人見人羨的小公主，生活完美得不僅擁有雙親完整的愛，還能聽到世界上所有美好的聲音。

在她的記憶深處，父親給她講的寓言故事，留在她最後也是最完美的音響世界裡。她打著手勢，對著葦雨想把故事表達出來：有一頭獅子站在自己住的山洞口，向著來往的動物們說：「我是醫生，包治百病，你們有病就來找我吧！」許多的動物相信了，一個個走進了洞裡。山羊病了，牠沒有去找獅子。

葦雨已慢慢讀懂素荷的手語及配合著的口語所表達出的意思，如果實在不懂，她會讓葦雨寫短訊發送給她看。每個人都有各自生命運行的軌道，葦雨對素荷的理解，已是作為旁人所能吸收到別人痛苦的一個飽和量了。

素荷起勁地打著手勢，就像是自己的父親就在身旁一樣，比劃到這裡，停了下來。

「然後呢？」葦雨嚼著碗中的魚蛋問，素荷的故事吸引了她。素荷用手比劃著：沒有一隻動物走出來。她眼中的閃閃淚影，讓人看出她對自己父親的想念，甚至能看出有一種痛在長期跟蹤她。

「被騙了。」葦雨聽完了故事說，接著又問：「你媽媽的案子進行得怎麼樣？」吳生昨天告訴過她，還差一份素荷父親的經濟狀況資料，她來找素荷也是想催促一下。素荷打著手勢：最初媽媽表示什麼都不作要求，由法官公平裁決，但吳生提醒媽媽最好在贍養費上提出適當的要求，哪怕是一塊錢，說明你有這個權利，到時法官會多為女方考慮。於是媽咪按吳生的指引，填寫了呈請書。

素荷表示媽媽原本有一個想法，希望律師若聯繫到了素荷的爸爸，代為轉達，如果法官判給她一半房產，她會轉到素荷名下，意在表明她無意爭產，房產最後都是女兒的，希望素荷爸爸能簽署離婚協議更好，不要耗時爭執了，她願意作各種讓步。葦雨向吳生轉述過素荷媽媽這種想法，看來吳生記住了，只是吳生並沒有告訴她如何在處理案子。

素荷表示：吳生還說現在直接把房屋轉到我的名下，可免去房產到手時再去請律師的一大筆律師費用。我媽媽還按照吳生的這種指引填寫了呈請書。

「慢，慢，你的媽媽好像填寫了很多呈請書，怎麼回事？」葦雨有些糊塗了，感覺中那些法規律條怎麼像是罐子裡的鹹菜越撈越多。素月點頭表示：都是按照吳生的要求去做，不會有錯吧？「可以一連填寫幾個呈請書嗎？」這是葦雨聽後準備回去問吳生的問題。她覺得自己對法律一知半解，能問的問題都不一定準確。她慢慢嚼著碗中的食物，注意力放在素荷的手勢上，一下咬到舌頭，疼得皺了皺眉頭。

素荷打著手語：我不想看到媽媽總是一次次辛苦地往律師事務所跑。她邊說邊拿起一雙竹筷，碗中的食物一點都未動。她似乎沒有食慾，想要表達的東西比食物重要：還需要我媽媽再次補充我爸爸的個人經濟狀況，我爸爸的私人公司執笠，都倒閉了，哪來的經濟狀況？好奇怪的法律呀！

葦雨也是第一次知道，一方失蹤，案子處理時會是這樣複雜。好在吳生就在她身邊，

想到這點，似乎手握著一本法律大典，一問一查即通。她安慰葦雨說總會有辦法的，交給吳生，你們直管放心。「吳生告訴我說，應該兩年左右案子就可以結束。」葦雨把自己對法律的信心，準確些說是自己對吳生的信任傳遞了出來。素荷眼睛裡泛著希望的亮光，點著頭。

她們各自解讀著法律，就像剛來到海邊，所能想到的也只不過是堆堆幼沙，追追海浪。

從餐廳走出來，街頭人頭攢動，正值區議員選舉期間，各路人馬都鉚足力氣，在不同的路段派發參選者的宣傳單張。葦雨接了一張，看了看對素荷說：「你可以去找找這位參選人，他的選舉綱領，是關注弱勢族群，為市民服務。」

「媽媽去找過不少團體……」素荷的嘴角撩了撩，撩出一絲苦笑，沒有說下去。「你覺得你爸爸會去哪裡？」素荷打著手勢：媽媽說爸爸躲起來了，這段時間媽媽才想到應該自己和爸爸聯繫，但所有的電話都不通。「那能不能報警尋人？」葦雨像是看到了什麼希望。素荷搖了搖頭：我媽媽報過警，回應說逃避離婚的人士失蹤，警方不負責尋找。葦雨輕輕嘆了一口氣說：「你媽媽不應該說正在離婚。」素荷似有所悟地點了點頭，也跟著嘆了一口氣：我媽媽不聰明。

「我有東西要送給你。」素荷突然想起了什麼，從肩包中很小心地取出一幅夾在資料

夾中的一幅畫，說是媽咪送給葦雨的，希望她喜歡。這是一幅4F大小的油畫，畫面上有一朵粉荷。原來素荷媽媽的藝術素養很高，繪畫是她的業餘愛好。小時候她被自己的母親帶去了莫奈的故鄉，抱著她在一池蓮花前拍照留念。當自己有了女兒素荷，也想帶她重訪母親帶她走過的地方，可是因為家庭糾紛，遲遲未能如願。成人的夢想擱淺後，常常會抱著希望在孩子身上搶灘。

「等案件結束後，我請你媽媽，我們一起好好慶祝一下。」葦雨接過畫，很小心地拿在手上。「等案件結束」已成為素荷母女倆用心等候的光景。素荷表示：媽媽說等案件結束後，想去法國莫奈的睡蓮池塘。說完，素荷晃了晃自己的手機，表示男友給她發郵件來了。看著素荷看郵件時的甜蜜溢上了眉梢的神情，葦雨真心為她高興，如果父母的爭執不撕碎她的成長，她會有一個多麼美好的未來呀！

看完郵件後，素荷的神情甜蜜蜜的。她和男友是在澳洲認識的，等男友來看望她時，倆人再一起計劃未來。她把手機遞給葦雨看，屏面上有她男友的照片。

那是一張遠景畫面，一個身穿藍色短運動衫的年輕男子在一條草徑上奔跑。葦雨忍不住把眼睛湊近去看，她看到了一張似曾相識的面孔。

「看什麼看，別人的女人就這麼好看嗎？」有聲音從不遠處斜對面的馬路邊穿越過來。葦雨的目光循聲望去，只見一個肥胖的女士正撒潑般，拉扯著一個穿著鮮艷的男人的手臂吼叫。隨即，一隻手抬起，甩出一記耳光，毫不留情面，打來路人集焦的目光。

像是當街出演一幕活話劇，劇情攫住了葦雨的視線，她看著那個捂著臉卻不吱聲的男人。堅哥回來了？他不是找到一個有錢人家的女兒，去了日本陪讀嗎？葦雨看著這一幕，有一種幸災樂禍的感覺。從小，她就不知道什麼叫兄妹情，那絕情的「三年離開」的聲嘶力竭，已使曾經同一屋簷下的血脈相連，分化成形同路人。

那揮掌一掃的動作，清除了她心頭的某個塊壘般，令她不禁長長籲了一口氣。她想起當年阿婆說過的話「一物降一物」。她把眼前的一切當街景看，之後又去看素荷遞給她的手機上的照片。人面交換閃現，令她視覺混亂。

「你認識他？」素荷看見葦雨恍神的樣子，於是問。葦雨不知素荷問的是她眼中的誰，只是搖了搖頭。

那些原本以爲和自己不相關的事情，突然間排着隊站在了面前

葦雨在柔情蜜意中沉浸了一段時間，原本以為兩個人的生活會比自己一人變得輕鬆一

些，一個人的事，可以兩個人去分擔，沒想到吳生的計劃一個個的跟著來。他希望她去學瑜伽，說可以練女人的身材，還希望她去學「揸車」，說是練女人的本事。真實的想法，他沒有照實說。

在他看來，男人的體面除了有一份在社會上足以讓自己在人前抬頭的工作，身邊還需要一個可以撐面子的女人。身邊的女人主要的作用是陪襯，也符合他的人生哲學：凡物為我所用，這是他多年在法律界這個行業八面玲瓏得出來的經驗。

跟吳生在一起最初一年的生活，週末豐富多彩，看戲，買彩票，飆車。雙方的關係固定下來後，週末變成了各做各的事情。

葦雨跟他在一起感覺自己像是一個隨從，因為所有的生活中的內容都是由吳生來安排。倆人一起去南亞的一座城市旅遊，她去之前說了句：「會有麻煩事的。」這似乎是個不祥的預告，去後便遇到街頭的示威釀成暴亂，全城戒嚴，兩人被封控在了酒店內。戒嚴和旅程時間一起結束，惱得吳生揮起拳頭去錘擊酒店裡的橡木桌，反而錘痛了自己。

那房間內的燈，臨走前的那一晚，無論如何也關不上。吳生剛關上，一躺下，燈又亮起來。是葦雨起身去才關上了燈。「奇怪！你不會身上有靈異吧！」他聽葦雨說過在他的金魚缸裏隱約看到過一雙老人的眼睛，他聽她的描述，會令他聯想到自己的父親。那魚缸是他父親留下的遺物，他把它置放在自己的居所內。父親走了，把養魚嗜好遺傳給了他。

「不知道，你說有就有。」她也不知道為什麼腦海中的幻影經常得到印證。雖然葦雨帶笑在說，卻嚇得吳生一個晚上都不敢去碰她的身體。

日子就這麼有驚有奇地過著。情人節那日的鮮花只開了一個星期，便被吳生棄在靠門邊的一個角落。

他告訴她下週末有一個舊同學的Party，邊說邊把一個銀色的女式手袋放在她的身邊，她正摟住一個抱枕坐在沙發上看電視。那手袋上有一個帶字母的別致的金屬扣，款式，質感，不用翻看，憑視覺就可以認出是名牌。許多女人用名牌來提升自我形象，甚至用來修飾自己的心情，可是讓葦雨拿在手上，卻壓上了幾分精神負擔，她需要訓練自己如何優雅地登場。這次出場，她想著還得配上一雙鞋跟細緻的高跟鞋。

手袋是他從一個儲藏櫃中取出的，儲藏櫃擺放在他的電腦室裏。電腦室不大，更像是一間儲物室。電腦室由他單獨使用，平時上班他會鎖上，下班回來後才打開。他說過裡面都是些他珍藏的東西，言下之意，她當然明白：最好不要去觸碰。這是他生活中的界，他對她是有防範的。他每天很自然地做著這一切，她也很自然地接受這一切，因為這是他的房子，他怎麼習慣性地使用都是應該的，在他面前，她自覺矮一截。弱勢的女人往往受制於自己的經濟能力。只是弱勢女人的一顆敏感的心若折騰起來，對愈神秘的東西就愈好奇。他不提醒還好，一提醒，她的好奇心就被撥動得按順時針方向轉了好幾個圈：那個儲物櫃裡面有些什麼寶貝，不然怎麼會裝有密碼鎖？有些問題想想而已，可以擱下，若擱不下就拋給了潛意識，時不時尋思著。

「你不是說三月份有個聆訊令嗎？怎麼沒有下文了？素荷說她媽媽打電話聯繫不到你，你的秘書說你出差去了。」她關心的是另外的話題，趁他有求於她時問道。素荷媽媽的案件像鑽入一個死胡同，長時間沒有動靜。她精通女人臉上法令紋，眉骨紋，就是無法精通那些法律條文，彎彎繞繞的，不知道究竟要把人拖到哪裡去？

女人的嬌嗲天生就有，就如同選用定妝粉，直接往臉上按壓就行，可是葦雨不會用，她說話的聲音沒有面部的線條柔和。「你怎麼說？」他似乎很急地問了一句。「我還能怎麼說，只是說你是出差去了，跟著撒謊唄！」「這就對了，男唱女隨。法律上的程序不是律師決定的。」說完，他坐在沙發上，靠近她，一隻手難以克制地伸向她在室內換上的休閒服中。兩性關係中，男人的手若伸向陌生女人的身體，叫非禮叫鹹濕，而對走近了他的女人，他有資格說這是親昵，是醉心，都是話，就看你對誰說，又怎麼說。

這是他習慣性地動作。她聽到了蠶吃桑葉的悉嗦聲，而忘記了想說的話。女人年輕的身體是那麼美好，布滿了草坪，果樹，清溪和田園。

一番激情過後，她不忘尋思著去哪裡買參加 party 的時裝。吳生不提出為她買，買衣服的卡數就需要憑她自己的能力了，這些她不大計較，能有地方住，已是在幫她省錢。

她在週末去了一家大型商場，服裝店一家連一家，買衣服容易挑花眼。貨比三家後，她發現第一眼看中的那條裙子是最合意，待掉過頭決定買，店主說這最後的一件樣品，剛被人搶先一步買去。好像讓出了自己動心的戀人，就有那麼一絲絲心癢癢又憾憾的感覺，讓她看其他衣服都很難合意。

她去了另一家成衣店，看好一條衣裙，想去試衣鏡前看效果，與另一女子對撞。倆人在互讓中，彼此認出了對方。

絲曼！葦雨！

絲曼看上去消瘦了許多，兩眼無光，臉上的脂粉似乎少抹了一層。同是目光，絲曼看她羨慕不已，而她看絲曼有些漫不經心。

絲曼晃了晃手腕上的三個購物袋，自嘲說：「失戀後遺症，購物狂。」葦雨想不到絲曼失戀後也會痛苦，在情感世界中，她似乎從來不在乎失去。

「你很幸福。」絲曼說。她想找一個地方和葦雨閒聊。「電話聯絡。」葦雨急於離開，想躲避這樣的話題。她需要按吳生電話中的要求去補充魚缸裡的魚，顧不了絲曼是否高興。

魚缸裏又只剩下那條大魚了。她剛住進來不久，就和吳生一起去買過一些同品種的銀色魚，只是沒多久，魚缸裏的小魚都成為那條大魚的腹中之物。不知怎麼，她想罰魚缸裡的魚，不往魚缸裡放魚糧，可是她不放，吳生放。他投入魚缸的魚糧更加精細，進口的，還帶有多種維生素。

不管她怎麼努力，都改變不了大魚吃小魚的規律。

已經不記得她是第幾次買魚苗了。她曾想買一條比魚缸中的魚更大的魚，當她一邊聽賣主叫賣，一邊去看魚，地圖魚，鸚鵡魚……她發現許多的魚都有吃同類的屬性，嘴巴一張就能吞下小魚。看著看著，她感到有些害怕了。她按吳生的要求買來了一袋十二尾小魚。她看著大魚單獨自在地在享用一個偌大的魚缸，剛想把魚苗放入魚缸，突然猶豫了一下，換了思維。

「用作宵夜。」傍晚，吳生回來時揚了揚手上的一袋海鮮，讓葦雨放進廚房。這是他喜歡的食物，有時他會開車直驅碼頭，買些漁民揚帆歸來的漁船上的新鮮蝦蟹。海鮮，他只吃活的，說是可以延年益壽。他喜歡在外吃牛肉，在家自己做魚蝦，於是她陪著他小龍蝦，皮皮蝦，瀨尿蝦，吃了一個遍。

他會做菜，八、九歲就從母親那裡學會劏魚宰活禽了。這是他帶給葦雨的有關他小時候的一小塊畫面。葦雨問：「妳媽媽呢？」他答：「去養老院了。」他不想更多談自己的過去，包括父親有一天突然暴病的經歷。他轉移話題，說：「做水煮蝦及清蒸大閘蟹，做法簡單又不失食物的鮮味。」

廚具都是銀器，連魚缸的玻璃金屬包邊材料都離不開銀色。如果不是他的一句「我不喜歡輸」，便把她的一本新書《十里桃花十里夢》扔進垃圾桶，她還不知道他偏信諧音到了何種程度。霸道過後，他很快又會掮動起一片柔情，擁著她讓她理解他的偏好。

「一道菜，有多種烹製方法，加什麼樣的作料最重要。」在廚房，他燒開一大鍋的水，讓葦雨把洗淨的青蝦放入水中。看到滾水中的青蝦的顏色由青變紅，那些蝦鬚一根根似乎在顫動著疼痛。「是不是太殘忍了？」葦雨感到有些不忍。「它們是被吃的命。」吳生接過葦雨手上的醬料瓶，自己來操作：「加姜、蒜，再加鹽……」

人很殘忍，什麼東西都吃，她是這樣在想，卻沒有說出來。在他面前，她總覺得自己的悟性低，擔心悟出的道理一說出來會被他駁回。律師巧舌如簧，一點不假，她不過說了

句「人活著，就是贏」，他馬上一句「乞丐也是活著，贏了嗎」懟了過來，堵得她沒話講。「打官司，輸了怎麼辦？」「你又沒有打，怎麼一開口不說贏？」他不喜歡說輸。

吃蝦時，兩個人都是用手剝皮撕肉，那些銀質餐具徒添擺投。他吃食物時很專注，把剝好皮的蝦放入炸好的醬料中左右蘸一下，然後放入口中，整個牙床都貼著臉頰在動，很享受地一口接一口地嚥下。他說：「吃東西最好不要尋找原因，許多東西莫問當初，想想我們的生命，全是男女衝動的後果。」這是他的法律思維模式嗎？聽來聽去，她不知道他重點在說什麼。

她的那點小心思，像他手上玩的牌，他了如指掌

「素荷媽媽說案子不是在按她的要求在處理，她想放棄……」看到他在用檸檬片擦手，一副酒足飯飽的樣子，她切入想要的話題。有些話，她需要斟字酌句。素荷不能說話，她成了傳聲筒。還有疑問她沒有說出，那就是法律好像有很多灰色的地帶，能任律師發揮。

他的口風很嚴，每次問到離婚案子，他都在說正在處理中，問多了，會以一個不耐煩的表情保持沉默。他一回到室內，公文包大都是放在沙發上，比較隨意，方便他有時一邊

看電視一邊從工作包內取出一兩份案件資料翻閱一下。她的眼角的餘光，曾數次三番去掃瞄他的公文包，想要知道裡面裝了些什麼，有素荷媽媽的個案資料嗎？她不斷望向公文包的眼神似乎引起了他的猜疑，最近他換了一個新型公文包，上面有了密碼鎖。他做得愈仔細，愈令她覺得他在隱藏什麼秘密。

這回，他看了看她，沒有接話，而是極有耐心地打開公文包，從中取出一份工作資料交給她看。她接過來，除了能一眼看懂上面的案件檔號，其他內容就像是太空人留在地球上的筆記，要帶專業知識去領會，僅一個「附屬濟助」就讓她神散四野，氣渙周邊，他不解釋，她無從辨別這是會面記錄還是工作檔案？都是從鍵盤上敲出的文字，怎麼帶上了法律就變得晦澀難懂？有那麼一瞬間，她為自己讀不懂法律文件感到慚愧。

「這是我們的工作。我說過法律很深奧，不是你想像中的1＋1的簡單算式。」他極有耐心地說道。「法律，莫測。」她似在更深地領會。

有那麼一瞬間電視機裡沒聲響，魚缸裡的水聲傳了過來。他收住要說的話，從一堆青蝦殘骸的餐桌前轉頭望向魚缸。好像看到出了什麼異狀，他起身走到魚缸前。「大魚呢？」他放大聲音問。「沖入馬桶了。」她小聲回應。「大魚吃小魚，是自然現象，你干涉什麼？」他加大的音量似乎在宣洩一種不滿。「沒有牠，其他的魚可以存活。」她有自己的理由。

她的話聽似簡單，他若真聽入耳了，如梗在心裡。他突然發現，眼前這個女人不是用三言兩語可以輕易打發，也不是用半斤八兩輕易能夠掂出份量的。早幾天拿給她的手袋似乎未見她珍惜，很隨意地撂在沙發上的一角，於是他走上前拿起手袋說等那天要用的時候再拿出來，又放回了儲藏櫃。

見他這麼做，葦雨內心的疑心被眼下的不悅勾起，心裡又在想：那個放手袋的儲物櫃裡倒底還有些什麼？她總覺得有什麼東西形如蟒蛇般糾纏於他和自己之間。蟒蛇？她被自己這種聯想嚇了一跳。

女人的猜疑心一起，智商就能盤結出又粘又細的蜘蛛網，不捕捉到幾隻飛蟲哪肯輕易罷休。她像是陷入某種迷幻中，執迷不悟地想弄清楚素荷媽媽的案子進展情況，因為無論怎麼問吳生，答案都是正在處理，便沒有了下文。

她琢磨著，需要找準時間才能進入電腦室，最好的機會是在吳生洗澡的時候。只是他洗澡的時間不定，有時晚上有時是早上。吃了夜宵，她負責洗碗。家中有洗碗機，但她不喜歡用，因為操作起來，比人工洗碗還麻煩。洗刷乾淨後，她走進客廳，吳生不在。洗澡間嘩啦嘩啦的水聲在向她發出某種訊號，她像是做足了準備似地溜入他的電腦室。

他的電腦屏幕超大，配備的電腦桌也是超大的。儲物櫃夾在電腦櫃和牆角間，密碼鎖牢牢緊貼櫃門。即使她做了深呼吸，兩手仍慌亂得不協調。她已熟記三串數字，她把吳生的生辰年月日輸入，可是打不開。再輸入他的電話號碼，9092……仍無效。怎麼辦？第三串數字是什麼？也許是因為太緊張，她突然間忘記了。她的目光掃向了電腦桌上的一本檯曆，已經是二十一世紀了，檯曆上的日期卻是1999年9月。情急之下，抓住什麼數字就是什麼數字，輸入了再說，只聽咔嚓一聲，儲物櫃突然打開了。

櫃門打開的一瞬間，她的心猛跳，作賊也是這樣的嗎？心都快要跳出來了。櫃子裡有二層格架，上面除了手袋，還有一條銀灰色透藍的珍珠項鏈，擺放在一個淡銀色絲綢墊底的盒子裏。這兩樣東西記錄了他的情史嗎？她幾乎來不及細看。目光跳到下面一層，有些文件，還看得到幾本證件。她的目光跳躍性地落在一紙陳舊的房產證書上，有一種在哪裡見過的模糊印象。她伸手去取，剛打開房產證看，洗浴室傳來的他的聲音：「我的女巫，幫我拿條浴巾。」昨天的浴巾忘記換洗了。這段時間她的心情不好，家務似是累贅。

她嚇得心怦怦直跳，慌忙放回房產證，模模糊糊地只留下「田玉……」字樣的記憶。似乎是一種連鎖反應，她鎖上櫃子，再旋風般跑入臥室取出浴巾。浴巾遞給他時，他已關上了花灑，顯然，她慢了一拍。

洗完澡，他走進電腦室。過了一陣，碎紙機響了起來。

這一晚他睡得很香，他的動靜全部輸入在她的聽覺中。而她輾轉在牀上，一反常態沒有問和法律相關的問題。儲藏櫃裡的房產證，甜媽的化妝箱，像水面上的漂流物，不斷在她腦海中晃蕩，終於晃蕩出甜媽的名字：田玉菲。這個名字，她讀書時在學生手冊中填寫過。

一連好幾天，她希望他來問「怎麼動了我的儲藏櫃？」這樣她可以用「我只是好奇」來化解他的疑慮。可是他什麼也沒問，連續幾天都是甚麼也沒有發生的樣子。他的自控能力很強，內心再翻江倒海，都會用笑容修飾，再配上溫和的語氣，很容易消除她內心的鬱結。

只是，那個儲藏櫃，她再也無法打開了，因為沒幾天，他換上了指紋鎖。

第五章 伴君如虎

人在衣食無憂時，身體會抖擻出充沛的精力，總想借助於某些場合把各自的慾望展現出來

這是復活節假期，又逢週末，葦雨穿戴一新，準備陪吳生去參加一個舊同學的Party。

這類聚餐，她的公司也有，大多設在年終，規格不大，就在酒樓設宴，一眾員工吃喝間，老闆會適時逐一遞上紅包，贈者樂施，受者笑納，大家皆大歡喜。只是，她不喜歡熱鬧的場面，可能是受從小成長環境的影響，令她兩耳對嘈雜聲會產生轟鳴，有一種天然的抵觸心理。但她知道，女人是男人的隨身器，莫逆他的喜好才能討他的歡心。

她給自己做了個精緻的妝容，臉部的化裝，她第一次細微到刷黑每根睫毛。但她不會把化學的粉粒填滿原本就白皙的面頰，讓皮膚難以呼吸，所以她從不採用定妝粉。

這段時間，天氣潮濕，穿什麼衣服都像是粘在身上，化妝品也是這樣，貼上皮膚就溶，好在室內有驅濕機。她穿的是一件新買來的黑色暗花連衣裙，真絲質地，令她穿上身有輕盈的飄逸感。一條銀色腰帶環腰在左側輕輕束出一個蝴蝶結，從坎袖中露出的手臂顯得柔美而修長。她一向忠實的圓領口開得很低，剛美髮過的捲髮半掩胸前。儘管他提醒她不要忽略名牌服裝帶給女人的魅力，但在她眼裡，那是城中名媛的時尚，自己就是自己的品牌。她的天生麗質是她做女人的底氣。

當她穿戴停當，抬頭見他已站在了跟前。他看著她點著頭，嘴角掛出的笑意，足以表明她精緻的妝扮，已令她的嫵媚晃動著他鏡片後的視線。

如今兩個人的生活過得不甜不淡，好像就是從她打開了儲藏櫃開始的，彼此都有了戒心。生活，加糖加鹽加醋，放什麼作料，不是都由著自己，就怕出現可是，可是，她需要的法律上的答案，常被他支唔成了秘密。她很在意這段感情，在無聲的忍耐中不斷退讓。她不再去想翻他的儲藏櫃，她害怕秘密越翻越多，況且都是些掐頭去尾的片段，其中有她永遠弄不清楚的為什麼。

「女人生動看段位，妳的腰身美。」他邊說邊上下打量她，像是看一件準備出爐的展品，並上前摟了摟她的腰部。

對他而言，感情上的並蒂或花落，不會輕易令他內心起太大的波瀾。他早已習慣了每段情感帳本裏的儲值不高於預期，即使曲盡人散，也不過像是終結一個舊帳號，虧本的不會是自己。雖說是存取自由，他儘可能做到帳戶內尚有結餘。

他從儲物櫃中取出手袋，還有那長串珍珠項鍊交給她，說：「用吧！」她佩戴好珍珠項鍊後，試探性地問了一句：「好漂亮的珠子，是借給我的嗎？」她掂得出這串粒粒圓潤的珍珠不菲的價值，很想聽他說是送給你的，那該有多麼溫馨呀！

他沒有立即回應，而是在黑色T恤上繫好銀色領帶後，說：「在我這裡，什麼東西都隨你用。」這句話聽後，她不能往深處想，不然心裏有些不自在。「我的，就是你的。」見她不語，他近前用氣息溫柔地拂動著她額前的碎髮。

這年頭，從手頭堆積的離婚官司中，他比誰都清楚剩女多。不管認識誰，對他來說，都是等待開發的財路，再纏綿的夢，他也不會深陷其中。他的生活有原則，工作日程也有明細表，工作是手段，賺錢是目的。他對葦雨的這段感情，沒費太多周章，中間幾乎省掉了兩道程序，就是大多數女人都樂意接受的小歡喜：送首飾，以及買名牌衣物。他之前相戀的那幾個女人，他要帶她們，遠的一起去澳洲看橄欖球比賽，近的每月租豪華遊艇環島嘆世界，大都是些「發錢寒」的女人。而葦雨靜守自己的生活，不太喜好shopping，送一盒名牌化妝品給她，眉眼都會綻放出喜色，十足一個「慳錢嘅女仔」。他只不過為葦雨開了一張去看奧運開幕式的空頭支票，她便一副滿懷期待的樣子，只是她喜歡在法律方面詢東問西，纏久了，就有些煩人。

女人四位數字的花費，他樂意付出，若上了五位數，就有那麼一些拉皮扯筋般的不情願在裡面。感情的筵席上，倆人都是消費者，如果數額超出他的預算值，讓他單獨買單，就會猶豫再三了。

這次的舊同學派對，他之所以帶上葦雨，是因為他知道自己的初戀情人也要出席。想當初大學畢業，他在找工作期間，那個當初愛他愛得柔情蜜意的女人，一個轉身就投向某太子的懷抱，跟他揮揮手，瀟灑地飛去了海外。女人要絕情起來，比她們撒嬌的速度要快，那種打擊，令他醉酒三日。情場上的失意使他更加相信男人的功成名就是用金錢來說話。如今他有走近她的自信，他今晚不僅是去看她，更是要讓她看到被她負情十年後的他。

「你有一個免費司機，開心點，上車。」他為她開車門，並釋放出某種暗示，他是她的依靠。「緊好安全帶。」這樣的提醒雖然有些多餘，經他溫柔的語調一調和，再把他的

手搭在她腿上輕撫一下，說：「我要用愛的安全帶把你扣牢。」甜蜜的話，女人總是聽不夠，所以男人總是說不完，只是這些話男人說過了，一轉身就隨風飄送了，而女人常在男人遺忘的地方，生長出一朵朵痴情的花兒。

他開車喜歡伺機飆車，還說買名牌車的目的就是為了快速穩陣。她很怕坐他的車，他的精力不知哪來這麼旺盛，如果出了市區，他的腳似乎一直在勁踩油門，像是在朝著沒有終點的地方狂奔。好幾次她見他在一種疲憊的狀態下瞇著眼睛昏昏欲睡的樣子，車速依舊是那麼快。她甚至不敢問他：「很睏嗎？」擔心這麼一打擾，讓他醒過神來反而轉錯方向盤。

她按照他的要求去考取了一個駕照。有過那麼一段時間的手腳不協調，踩剎車和踩油門常混在一團，通過兩期學習，最後終於過了關。可是問題來了，要否買車？吳生要她學車時叫得挺起勁，可是提及買車時遲疑地說了聲：「買輛二手車試試吧！」她沒有馬上回應，這不是她想要的，於是說：「算了，以後再說，把錢留著買奧運門票。」

通過她學駕車，他發現了她笨的地方：沒有方向感。一條回家的路，讓她坐在座駕旁，教她認了來回N次的路線後，他嘗試按她認定的方向試一次，她說左拐就左拐，她說右轉就右轉，如此這般行駛，結果開到了一個垃圾收集站。因為駕駛技術水平不同，倆人對開車都有自己的看法，她覺得懂得及時剎車很重要，而他認為重要的是能定奪旁邊的車輛是否想超車，見機行事才重要。

「收音機開大點聲，我想聽。」她提醒他。車內收音機正在播報新聞，有客戶在投訴有律師濫收費用的問題。如今，和法律相關的事情都能引起她的關注，當聽到有關部門的回應是「不對個別事件發表評論。」時，不知為什麼，這些看似嚴正的回應，她卻能聽出某種偏袒，甚至推諉責任，因為走近法律的人個個都是個別的呀！這讓她又想起素荷媽媽的案子，那些呈請書，像是會繁殖一樣，反來覆去不知要修訂多少遍。法律似乎只負責收費，其他方面任人操作，無人問管，想到這裡，她輕輕地嘆了一聲。

「你們可以查詢到素荷爸爸的下落嗎？」她覺得再不多問幾個問題，自己對素荷的承諾會泡湯。「現在是去聚會。」他的聲音裡流露出明顯的不高興，說：「不要總是說案子的事，實在累人，我知道我該怎麼去做好。能不能談點別的話題？」在他看來，女人天生缺乏數學演算中的邏輯推理，凡事想當然，以為案件的處理按照她們思維的流水線，幾個簡單的步驟就可以完成。他清楚她想知道什麼，但她卻不知道他內心的活動。

「多和人交往，可以避免患抑鬱。」他猛地一打方向盤，讓她側頭看到了他不耐煩的臉色。

最近他和絲曼有了聯繫。絲曼父親所在的商廈有老人行走時滑倒，跌斷了膝蓋骨。商廈被傷者家屬控告，老人跌傷是因為商場的清潔工在清洗地板時沒有擦乾地面的水而引致，正面臨一場官司。他是這家物業公司的法律顧問，最近在和絲曼父親頻密接觸時，自然少不了看到絲曼的出現。這些他是不會告訴她的，以她追根究底的個性，一旦被她知道後被追問起來，那種窮追猛打的滋味讓人不會好受，需要找各種理由去搪塞。

「撞鬼！」突然間吳生一個緊急剎車。窗外是流動的人群，有團體在示威。這段時間，各種不同的聲音通過示威的渠道湧向街頭，遊行中的示威吶喊聲洶湧成海嘯，可以衝出城。「籠裏雞作反，狗咬狗骨。」他按響了喇叭聲，不滿地說：「這些示威的人需要多上幾堂普法課。」「記得你也參加過。」她望著車窗外在烈日下騷動的人群，小聲提醒他。

電視中還播放過他和業界同行示威的畫面，在振奮人心的歌聲中，他們搖晃著手上的蠟燭。燭光星星點點，在夜晚閃亮。靜夜裡，燭光晃動，晃成了黑夜中的星光。手持燭光的他們，齊聲高唱著公平、公正、公義的頌歌。

那場面，肅穆莊嚴。那時，她坐在電視機前，被感動得眼淚汪汪，還在想：吳生就在裡面，哪根燭光是他搖動的呢？

「我們爭取的是司法獨立，不要政府插手。」他說。他看不慣街頭抗爭活動，堵路，

就是在堵他的財路。「不一樣嗎？大家都在爭取自己的權益。」她不解地問。「不一樣，我們是在為社會發聲。」他再一次不耐煩地按響喇叭。

生活並不按她所能理解的方式出牌

這是一家宴會餐廳，絳紅色的印花地毯設計大氣而華貴，四圍的玻璃裝潢令滿壁生輝。天花板垂瀉的翡翠光織，注滿室內每張白色餐布的桌面，把桌上擺放的插花映照得色彩雅緻。

這種場合，講分寸，佈滿客套和笑臉。吳生跟這個人打一聲招呼，再和那個人寒暄兩句，無論上前還是轉身，周圍都是他可以相談甚歡的舊日同學。看得出吳生習慣並熱衷於這種場合。男人們在傳送名片的同時，展示的是各自的身份和實力，談及的時下話題，宏略一點的大都離不開金融，貨幣，以及投資。女人們的眼光在相互的打量中，暗中較勁的是各自的顏值和妝扮，還有身邊的男人。

葦雨在吳生向別人的介紹中，重複著一個點頭微笑的動作。在場的數十名嘉賓或攜眷雙臨，或單個成行，每個人都站在別人的目光中。她無意置身於人群中，都是些陌生的面

孔，趁吳生與人寒喧之際，她走向垂著紫羅蘭紅的金絲絨窗邊，窗外有海景。

「我來介紹一下。」吳生的聲音從身後拉回她眺向窗外的視線。「這是我的中學同窗Maria，在銀行供職。」

一位粉彩眼影的女士出現在葦雨面前。她的左側咖啡色的頭髮別在耳後，臉上略施薄粉，沒能蓋住濕熱氣候下張開的毛孔和任性生長的青春痘。玫瑰金上衣，黑色短裙，她的身體在半透視裝中顯山隱水，自成一道景觀。她走動時，胸部和臉部都在晃動，真讓人擔心，她腳上又高又細的水晶鞋跟，如何負重支撐得起她的時髦。

見吳生首先介紹她，對她惟恐照顧不周的熱情，葦雨在猜想：這就是他的初戀情人吧？平庸的一張臉沒什麼特別。旋即她眼前出現Maria遞來的一張名片，粉色的字體突顯出投資顧問經理的職銜。「是行業能人。」葦雨看著名片，由衷地讚賞了一句。她想從手袋裏掏出自己公司的名片，猶豫了一下，把手收了回來。「你也不錯，聽榮樂說你在做秘書，重要的是身邊有榮樂。」Maria叫起吳生的名字比葦雨順口，並把目光轉向吳生。

吳生笑笑，他要的就是Maria泛動醋意時的這種狀態。在葦雨看來，他看舊女友那種如熾的眼光，似乎有一些舊情未了。

「你的眼睛長得好，可惜鼻樑沒挺起來。」Maria 仔細打量著葦雨，說話有些隨意。

女人的尖酸大多出於不喜歡看到別的女人的好，把對方的大眼說成杏眼都會覺得過份美化，直接說環眼才能直抒她們的妒意。Maria 的眼睛盯著葦雨，腦海不斷閃現她初戀時和吳生相擁的畫面，不是不愛，她需要尋找更好的生活。只是在感情世界並不都由著自己，不如意的婚姻把交出去的自己又退回原地。許多人都喜歡用自己的遭遇去理解別人的生活，Maria 也不例外。在她眼中，愛就是這樣，各取所需，男人和女人用身體搭建出一種守望。臨時的叫做露水姻緣，永久的總是停留在口頭承諾上，只是轟轟烈烈一場，到頭來，大多看到的是別人修成正果。

葦雨聽後，笑了笑，裝作不在意的樣子。她第一次聽人當面對自己評頭論足，便去留意了一下對方多肉的鼻準。有人說自己哪裡有缺陷，就喜歡去挑別人這方面的缺陷，當真是這樣。雖然 Maria 用了眼影，葦雨還是看出了她上眼瞼美容手術留下的一條線性疤痕。葦雨在打量她時，她也在打量葦雨，並有了小小的斬獲：「現在流行骨感美女，適合在看檯上走秀。」

女人扎堆，那種嫉妒心，可以從顏值燃燒到服裝。經常往社交場合鑽的女人，帶回來的大都是些看誰誰不順眼的話題。如果在兩個相互嫉妒的女人之間站出一個彼此喜歡的男人，這不是你爭我奪的問題，完全是在惹是生非，大家不得安寧的日子會持續發酵。

葦雨從 Maria 的話中聽出句句都帶隱喻，有意用眼角在她多肉的部位看了看，覺得有必要用對方聽得懂的語言回應一句：「只要不胖，可以節省不少減肥的費用。」

「兩位在聊什麼？」正在與人談笑風生的吳生，這時轉過身來問。「你認為女人胖好還是瘦好？」Maria 直接挑明話題。兩個女人的目光在他臉上聚焦，等待他的偏袒。他需要的就是這樣的效果，女人的醋意發作起來，比男人的醉意更易亂方寸。「這……女人的骨感和肥胖，在我看來就是苗條和豐腴，各有千秋，一個美在整體，一個好在局部。」經他這麼一說，Maria 有些淚影濕眼了，她相信樂榮還在留戀她。

餐桌酒席上，若僅是三朋四友幾個男人聚在一起，吆喝作勢中，免不了談女人。津津樂道的艷事愈多，似乎才愈攢足了做男人的風光。今晚在旋轉的餐桌前，因為有女人，男人們都注重保持風度，使用公筷也是非常小心的，一小筷一小筷地添加著食物。十八道菜，圖的是吉利的數字，也圖的是海鮮肉類素葷搭配，多樣多味品嚐。

席間，不知是巧合還是有誰在特意安排，吳生坐在葦雨和 Maria 之間。他的頭卻常常側向 Maria 談笑自如。只要他的頭剛剛擺正，Maria 又把他叫去傾身說著什麼，時不時為吳生勸菜遞湯。看到這些，葦雨很不自在，不知他們是否舊情復燃。吳生似乎也意識到了這一點，不時會伸出靠向她的右手，去輕撫一下餐布下她的大腿。職場上的經驗，令他深諳左右逢源的重要性。

五花八門的菜餚，葦雨只記住了一道菜名：讓你知道我是誰。現在的菜單像歌單，菜名都耐人尋味。聽說是用蛇烹制的，她不敢動勺。吳生轉頭告訴她：蛇羹有美容效果，要多吃一碗。「味道很鮮。」喝著湯，Maria 對吳生說：「記得我們一起外出旅遊時，還吃過猴腦。」吳生點頭說記得。

這裡的餐飲氣氛不錯，不勸酒，各自水酒自取，酒量自定。興許是太高興了，吳生沒有把持住，到底還是沾了一些紅酒，不過比起可以燃燒出藍色火燄的五十二度白酒，醉人程度差遠了。

整場晚宴，吳生的頭大多時候扭向 Maria 的方向，似有說不完的貼心話。直到筵席散場，他聽到 Maria 的一句「別忘了聯繫。」仍不忘迅速作出回應：「Ok，等我電話。」

「你還愛她。」一上車，她小聲嘀咕了一句，女人的妒嫉最燒心。「怎麼這麼說？是她有案子要我幫忙處理。」他當然知道她在說誰。她似乎還不懂逢場作戲，當初看到背棄他的女人終於悔不當初，這是他今晚想要的結果。

「今天，你超額完成任務。」不管她是否理解，他輕快地轉動著方向盤，就如一切都在他的掌控中，眼鏡被車窗匆匆刷過的街燈聚散成零碎的光斑。

他用法律訓練出來的縝密思維，令他做任何事情在強辭奪理的背後，都會把握物盡其用的最大值。他懂得餐桌上包圓的得益，也懂得法律上包抄的成效，委婉點叫做方法，直接些叫做手段，這些，她怎麼能懂？

「你看她肥成甚麼樣，謝天謝地，當初我沒有娶她。」這一句，像是俏皮話，更接近足球比賽中的最後進球，夠準夠狠。她呼出了剛才堵在心裡的不悅。

他駕著車，連同這樣的話，在夜路上奔馳。

生活無非兩種，一種是怎樣想怎樣去生活，另一種是怎樣生活就怎樣去想

葦雨在和吳生的相處中，更多的時候是為了能討他喜歡，可是他似乎從來不照顧她的感受。

室內四季恆溫，熱時空調，冷時暖氣，令他四季都穿汗衫和內褲。齊楚的衣冠一除，人和一身的皮肉爭著鬆馳下來，衝擊著她的視覺。

他外出很講究衣品，兩個衣櫥，擠滿了他的衣物及領帶，深淺不一的銀色襯衫尤其多。他說最近才開始使用西服帕巾的，因為登檯露面的機會多了，需要注重形象。一到家裡，便和在外判若兩人。他有搓腳丫的習慣，腳癬折磨著他，而他的搓腳的動作卻在折磨著她。只要他奇癢難耐，葦雨就要隨時接受他腳癬粉末的飛揚。她為他配備了藥膏，但很難根治他的習慣，擦不擦藥膏，只要手上閒著，他都喜歡搓腳。相比之下，葦雨更喜歡他玩牌及製作蝴蝶標本。既然一起生活，喜歡對方的優點也要接受他的缺點，她用這種話來安慰自己。

她驚嘆的是他在外能夠把持酒量，即使醉醺醺回來，都能保持一定程度的清醒，能做到把換下的皮鞋擺放在鞋架上，除了眼睛有些醺醺然的樣子，整個人清楚自己該做什麼，直到洗澡後也不會忘記用風筒把頭髮吹乾。這種高度的清醒是自律還是警覺？她無法分辨。

這次一回到家，吳生就開始清理名片，一大半的名片被扔入了碎紙機中。

據說，射擊手長期重複訓練同一個舉槍姿勢，會令手臂產生肌肉記憶及力量，形成肌肉反射，一舉槍便容易喵準。吳生的大腦訓練出的各類案件處理的方法在腦溝中不管迴旋了多少遍，但最終都通往一個終結點：為自己獲取最大的利益。他的思維方式有賴於這種大腦訓練出的條件反射。手上這十幾張名片，他一眼就能看出哪幾張留著日後有用，選擇有效交往和挑食一樣，精準而合意。

電腦室傳出的碎紙機聲，令她的心不由一緊，總有些什麼她不能知道的秘密粉粹其中，可是知道了又怎樣樣？宴會上，她的手機一直關閉著，回家一打開，十幾條素荷的短訊，都是和她的媽媽的案子有關。她好久沒見素荷了。她當時許諾過一定很快辦好的案子，卻一直沒有什麼進展，一想到這些，她便心有所欠。她感到法律之門，讓走近它的人知道如何進去，卻不知該如何走出。

興許是太累了，他倒牀便睡了。這個夜晚的牀頭，她的身體擺脫了他的搓過腳趾的手指的糾纏。她沒有睡，在他鼾聲如雷的沉睡中尋思著自己如何行動。她記得甜嬸在和小外婆聊天時說過，要知道男人心裡想什麼，有一種方法可以試探，就是等他睡著以後，把他牀前的鞋反扣過來，這時你跟他對話，他會如實回答。想到這個方法，葦雨不由興奮起來。最近她從素荷那裡知道，這段時間，素荷媽媽情緒不穩定。她也跟著焦慮，案子拖久了，容易把人拖出抑鬱症的。

她和吳生一起生活的日子，已經濃縮成一串握在手心裏的謎語，有興趣可以日覆一日去猜，猜累了，會連同對方一起感到乏味。人在萬般無奈之下，有什麼方法就用什麼方法。

趁他鼾聲如雷時，她慢慢坐起，再慢慢滑動身體。她連做了幾個深呼吸，然後屏息靜氣，像一隻野貓，一個盤旋式滑下了牀。牀下有地毯，比牀上舒軟。床上是硬硬的牀板，吳生說這是養生，可以保護脊椎不過早彎曲。他說什麼都要她認為是對的，卻令她過早睡出了腰酸骨痛的毛病。

因為開著空調，臥室門是關閉的，從門縫透出的來自客廳的光，微弱得只看得到兩條門縫。她的手在牀下的地毯上摸索著，觸碰到了一雙拖鞋，反扣後，才想起他穿的是軟皮拖鞋，鞋底都是洞，具有防臭功能，這雙拖鞋是自己的。她又開始摸索，摸到了他的拖鞋後，她的心撲撲直跳，比他的呼嚕聲還重。她正要把拖鞋底反扣，又想：鞋頭朝向什麼方向？只是容不得太多的猶豫，她把鞋頭朝牀反扣。

一陣手忙腳亂後，她閉著眼睛準備問話，她的眼前幻化出巫師的蛊，那些森林飛出一隻隻螢火蟲。準備好了問話，還需要擬聲。她想：夜晚的貓聲最為縹渺，容易讓他不易醒來。

她擬的是貓的細綿聲：「你睡了？」原本組織好的話，一出口，就跑題。「嗯，睡了。」想不到傳來了吳生含糊的應答聲。真靈！這夢裡夢外的對接，令葦雨不由一陣竊喜。

「素荷媽媽什麼時候可以出庭應訊？」她壓低聲音問。

「沒有必要。」他咕咕濃濃道。

「為什麼？」她伸長脖子湊近他

「她父親不在……」吳生一個翻身，把後面的話壓住了。

「不在哪裡？」葦雨一聽，有些急了。

「不在，不，不……」他的口中像是冒著氣泡。

「不在哪裡？」葦雨的情緒一激動，聲音不受控制，放大了起來。

吳生突然停止打呼嚕，緊接著一個翻身坐了起來，伸手撳亮壁燈，問：「你在幹什麼？」

黑夜中房間出其不意閃出亮光，令葦雨緊張和驚悚的感覺串聯在一起，不能抑制地大叫了一聲：「啊！」她蒼白的面孔被壁燈的光線直接照射，伴隨這一聲驚叫，把吳生還未徹底醒來的眼線拉開了距離。

「我起夜，不想開燈，被牀前的拖鞋滑倒。」她語無倫次，立即找到一個理由。這理由只能給她自己壓驚。他沒有說話，蓋在身上的空調被一半已滑落在地。眼前的女人，讓

他感到有些害怕了，他發現她身上有那麼一點巫術，總想著去翻弄他的東西，這人的老底不同於身體這麼簡單，經得起幾翻？

他們之間有一道很明顯的裂縫，裂開了又撫平，撫平了再裂開。看似無關緊要的話題，就怕展開來，看到的是彼此的不信任。

這晚，半醒半夢之間，她看見一個黑洞，有一條只能進不能出的路通向它。她不小心踩了上去，只見洞裡有兩隻毛茸茸的手伸出來，愈伸愈長……她想去抓身邊男人的手，發現倆人背靠背睡著。她已分不清今晚哪個情節更嚇人。

第六章 律法成劫

歲月一直是旁觀者，靜候著不該發生的事情接二連三地發生

自從葦雨在商場買衫時見到絲曼後，就時不時會收到她的電話，更多是希望聚餐聊天。

絲曼的生活海闊天空，不會局限在餐桌上，估計情感上的創痛大，需要找人傾訴吧？葦雨這樣在想。因為沒有想見面的念想，於是她總是找借口。她想見素荷是真的，因為不會發生言語上的碰撞。雖然事隔多年，海邊游泳留下的陰影還時不時地存在，再有中間隔著吳生，如果拿他來說事，會有些尷尬。直到收到絲曼母親的電話，說是絲曼病得不輕，希望葦雨來家中撫慰一下，她這才想到去。讀書時，葦雨得到過絲曼母親的關照，如今親

自打來電話，僅在情面上她就馬上說一定來。

絲曼家住舊區，房屋雖舊，地段卻貴，房屋的產權可追溯到爺爺輩。在這座擁擠著滿目繁華，也擁擠著各種慾望的城市，房價就是身價。在男女的關係中，如果是利益互換，可以用房產墊高自身的價值。

葦雨按響絲曼家的門鈴，開門的是絲曼的母親。多年不見，歲月催誰都用刻刀。看見絲曼母親雖見老但一副富態的模樣，葦雨有那麼一瞬間的錯覺，眼前晃動著自己的母親甜孀的身影。雖說都是女人，境況卻大不相同。

葦雨推開絲曼的房間，見絲曼在睡覺，腦海閃現出時間的刻度是週六的下午。絲曼的母親示意她進去。

絲曼的家，她以前來過，看得出房間簡單裝修過。絲曼房間的色彩都是誘人的橙色，拉上的窗簾罩住了窗外相毗鄰的高樓住宅。她在靠牀的一張椅子上輕輕坐下。只見絲曼擁被側身面壁而睡，露出的腦後咖啡色的頭髮有些凌亂。絲曼的枕邊也是凌亂的，堆放著一些或袋裝或瓶裝的藥物，整個房間都瀰漫著藥物的味道。

她的目光轉向靠近床邊的電腦桌，上面鋪滿各色心型卡片，鋪排起來也有十幾張，上面重複寫著一個她最熟悉的名字。她忍不住湊近去看，還一字不漏地看了個仔細。滿紙是思念，句句是愛戀，刺得她兩眼熱辣辣的。有一張卡片用粗字體寫到：在生命倒數的日子裏，我想擁有你。

「葦雨，謝謝……你來看望我。」絲曼的聲音拂過她的耳際，雖弱，但還是把葦雨嚇了一跳。她轉頭，看見懨懨病狀的絲曼。只見絲曼的眼神徜徉在痛苦之中，和印象中神采四溢的絲曼判若兩人。

以前的絲曼可是如影般緊隨著時代，她是台灣歌星RJ的粉絲，追星追到台灣，去了歌星開的餐廳。如今她臉上的瑩彩尤如影星息影般說消失就無影蹤了。「怎麼病成這樣？」葦雨說時神情和語氣都是淡淡的，那些卡片上的文字在影響她的心情。

絲曼沒說話，穿著嬌黃色睡衣的身體已探出被窩，斜靠在枕頭上。她從枕邊取出一份病歷，有氣無力地晃動著它遞給葦雨，說：「我在這世上還有半年時間……」這是些醫生的字體，龍飛鳳舞，隱情都在潦草的術語和代碼裏面。葦雨看著，認出了一些字，但理解不出一個完整的意思。

「你能挺過來的。」葦雨說。安慰病人的語言最無力，翻來覆去也就只有這麼幾句話。「我想……請你幫幫我。」絲曼一臉絕望的倦容。「我？」葦雨眼中的問號比語氣還要大。

她現在心煩意亂地想逃離，能幫什麼呢？無奈和人相處，有時候需要言不由衷，於是說：「只要能救你，我願意幫。」

「我想在生命最後的時光裏，和一個人在一起。」絲曼說時，眸中閃出一線光。葦雨已猜出那一個人是誰。只是在她看來，這樣的請求太突然，也有些近似荒唐。這年頭，兩性關係像電腦遊戲軟件的開發，玩新鮮和刺激，越玩越有，才興起試婚，又跑出來什麼換夫，但她還沒有聽說過借用別人的男人作伴的。「只是半年。」絲曼身體前傾，抓住葦雨的手搖晃著，含淚的懇求狀，無不令人生憐。

葦雨不想點頭，但又不忍搖頭，任絲曼的淚水掉在她的手背上，也沒有想著去擦。她不知道應該用什麼話來應對眼前的一切，都說凡事要學會轉念一想，於是她轉念一想，應該把擺在她眼前的這道難題交給吳生去解決。面對眼前陷入痛苦中的病人，她還做不到完全無動於衷，憐憫之情像是微生物，附帶在良善上面，很容易滋生。「我回去問問吳生。」她很勉強地應許。繼續留下來，她已經找不到安慰絲曼的語句，反而是自己更需要安慰。椅子還未坐熱，她借故有事離開。

她一路都在想要不要告訴吳生這件事。

吳生這段時間總以工作忙為由回來得較晚，愛的激情過後，他生活的重心大多用在拓展自己的人際關係上面，熱衷於與他人交流的場合。各種會議囊括在他的工作範圍中，除了聽證會，研討會，還有合作伙伴會議，這是他工作中的重頭戲。一年前，他還有閒心去郊外捕捉蝴蝶，現在那本蝴蝶標本冊，已被他擱置在茶几的下層，好久不見他有興趣打開了。那些蝴蝶的生命，似乎用來為他提供一時的樂趣。

葦雨和他一起，他的薪水對她來說永遠是一個保密的數字，就如他手上喜歡玩的牌，怎樣洗牌是他的事，反正他能變出葦雨眼中看到的字母或數字。樓下大堂住戶郵箱的鑰匙只有一把，供他一人使用。那些銀行通知單，他看後，大多都被送入碎紙機。她不像其他一些女人精通生存之道，她們生活中有盤算有計劃，而她對婚姻的願景，一直壓縮在有地方住的生活起點上。心不大，生活的格局就只停留在眼前。她和他的交談，放在了枕邊進行。牀上的親熱勁早過了保質期，許多時候是各想各的心思，之後，進入各自的夢境。

失業率持續上升，並不影響他的工作量。有數據顯示，近年每天離婚比結婚的人數多，這就少不了離婚官司，以及伴之而來的各種經濟糾紛，都急需啟用法律的金鑰匙。他身在法律之中，社會問題越多越好是否他喜見樂聞？答案在他心裡。「人為財死，鳥為食亡。」這是他看電視新聞時，對各種社會暴力的總結句，更像是在為自己工作的動力作注解。

葦雨的心思太淺，僅限於小女人生活圈中的滋滋擾擾，捕獲不到他內心的動靜。她在

猶豫之後，向他提起了絲曼的病況。絲曼病懨懨的樣子似乎是一個救命的呼號，時不時拽著她的心緒。

「她很可憐。」他聽後輾轉了一下牀上的身體說。見他有所反應，與其說是想幫人，不如說也是試探一下他對自己的用情有多深，葦雨便問：「你願意去陪她嗎？」「什麼意思？」他猛地睜開了眼睛。「在她生命的最後階段，你去陪她半年。」她如此這般地把絲曼的真實情況照直說給他聽。他聽後摟住她，比平時摟得緊，說：「我的女巫，別胡思亂想，我離不開你。」

女巫是不能隨便叫的，自從葦雨說在魚缸的玻璃上，常看見有一雙老人的眼睛，他就一心想著什麼時候搬離此地，但是現在又忍不住叫了一次女巫。「我只愛你。」他的話像是他的職業用語，語意可以延伸，令她回味。這樣暖心的話語，中止了一段時間了，聽他一呼出口，像是在彌補她人生中缺少關愛的缺憾，她只要能接收到，便不可救藥地會陷入溫柔鄉裡。

翌日晚，他同樣一個摟緊她的動作，說的話卻是：「我們去幫幫絲曼，就當做好事吧？半年時間很快。」他的話音擊退了她有關明天的話題。她沒有說話，喉嚨像是被什麼東西噎住了一樣。「她是病人，我只能給她一點精神上的安慰，這些，你懂的。」她回想他最初對絲曼的冷漠態度，覺得他說得不會假。

「如果你不願意，我就不去了，等待半年後聽絲曼離世的消息吧。」見她一聲不響，他嘆了一口氣，背過身去。「別說了，你去吧！」她的惻隱之心在起作用，還能說什麼呢？任何的阻撓，似乎都帶著那麼一點對病危中的絲曼的冷漠旁觀。他很快又把身體翻轉過來，說：「我的心在你這裡，我每週會過來一次。」

她不知道，愛情是不能去考驗的，況且她和他的感情已陷入遊離狀態。他的行動計劃輸入的是法律的思維方式，對她來說都是些不能輕易破解的謎。他想擺脫她的意念一產生，計劃就不露痕跡地在展開。花花世界中的男人花花心腸，前半夜還摟著太太痴痴囈語，說不定到了下半宿就去了情人的牀榻卿卿我我，喜新厭舊之中，把物理學中的加速度應用自如。他只要對自己說聲自己也是男人，所有男人能做的桃花艷事或牀頭爛事，他就有理由效仿去做，並自以爲情有可諒。

就這麼好像是達成了口頭協議似的，說去絲曼那裡他就真的去了，只不過幾天的時間，他就成行了。他鎖上了自己電腦間的房門，能帶的鑰匙他都帶走了。茶几上他喜歡玩的牌，他已下了樓也要上來取走。沒有帶走的他的心愛物，是那本蝴蝶標本冊，被擺放在茶几的下層，無論裡面壓扁了多少鮮活的生命，不想要了隨手棄之。好像是去出差，他走

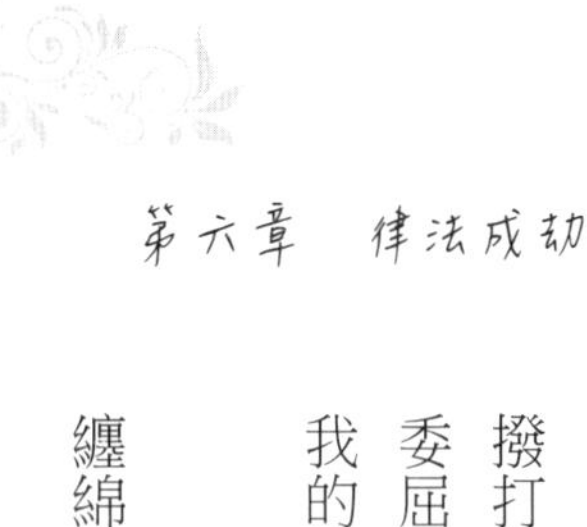

得神情輕鬆，早上臨出門還給了她一個擁抱，說了句：「今晚我就不回來了。」

直到室內靜下來，她才認真地在回想，這幾天她經歷了些什麼。生活中的命題，就看你如何去應對，常常想當然是一回事，被演繹出來的是什麼答案又是另外一回事。

愛情像是冬季的雪花，說溶化就溶化了

南方春夏之交的天氣，熱氣持續升騰，不可抑制地流感再次暴發。世界被各種病毒擾亂了秩序，豬瘟過了，雞瘟又來。各種天災人禍切割著人類的視聽，如今活著，憂患成災，即使不患病，也少不了患得患失，天災人禍，不知哪一個搶先而來。

以往她下班回去的路上會打個電話給吳生，如今發現這個電話已經不是說撥打就能夠撥打了，因為他總說很忙。原先他說的每週回家一次，兩個月後已無法兌現，她似乎在用委屈成全一種不可能的發生。她會偶爾接到他的短訊：「一切好」，「有事再聯絡」，「等我的消息。」令她的心在失望和希望之中輾轉。

吳生一走，她的生活少了內容也少了節奏。她的腦海不時會幻現出吳生和絲曼在一起纏綿的畫面。房屋裡因沒有了和自己說笑的那個人，空蕩蕩的，像個寄宿之地，這樣一聯

想，孤獨的感覺就倏然而至。

昔日的歡愉轉瞬間被他撂下的空枕取締。倘若那晚她不把絲曼的情況說出來，他就會留在她身邊嗎？她問自己，但沒有答案，因為她不是他。

在她連番的夢境中，都被人追趕著奔跑，她想跑向一片蔥綠的樹林，那裡有螢火蟲閃亮。上一個陡坡時，剛踩上去又滑下來，接著從草叢中突然躥出一條巨蟒撲向她。她轉身想逃離，朝向一條鋪滿花草的方向，誰料一腳踏空……就這樣，她嚇醒了。看著被蹬開的被褥，便可知自己夢中的掙扎。

這段時間，她神思有些恍惚，工作頻頻出錯，老闆的工作會議忘記安排，需要發送的文件沒有及時處理。老闆已再三提醒，幾乎到了隨時會被炒魷魚的地步。

她的心情反常，天氣也反常，八號風球說到就到。她聽到天氣預報就做了預防措施，家中客廳的玻璃窗大些，她交叉著貼上了膠紙作防護，可能沒用心貼好，強暴風過後，玻璃上還是留下了一道裂痕。

她正在考慮要不要打電話告訴吳生，手上的手機不小心跌落到地板上。不會有什麼事情發生吧？她在不安中收到禾叔從醫院打來的電話，說是甜嬸不小心跌倒。他沒有提傷勢，但葦雨估計摔得不輕，畢竟甜嬸年紀大了，再有，禾叔不輕易打電話。

甜嬸是在暴雨後走到露台，無來由地去移動一個盆栽時，不小心重重滑倒。禾叔在電話中還說甜嬸前段時間有過一陣子的清醒，能記得以往住過的大廈的名稱，還能讀出那化妝箱上當年禾叔寫的詩句，並說自己最親的人是她的女兒葦雨。

「她說，你是她最親的人。」禾叔重複地說，葦雨聽得淚濕濕。她很快換衣，搭車直奔醫院。她現在知道自己心裡面是愛著母親的，這是一種需要時間，需要很費勁才能吃透的親情中用粗暴來表達的母愛。

她在三個月前去看過田嬸，那是她查看了吳生的儲藏櫃後，想去甜嬸那裡印證一點什麼。她第一次踏入座落在半坡上住著禾叔和田嬸的房屋。她選擇從村口的公路旁拾級而上，一級一級的石階疊出了坡高也疊出了歲月。屋裡的淺淺光景，映現出一種簡單明瞭的生活狀況。房屋最奪人眼目的是偌大的露台上種著很多的花草。禾叔說這些花草都是甜嬸喜歡的。陽台上的甜嬸，正面對著兩盆秋海棠痴痴地看著。葦雨近前叫了一聲：「媽。」就這麼一叫，甜嬸的身體本能地震顫了一下，一個女人在歲月中漸漸褪去了的神彩，有那麼一瞬間，在臉上閃現。

「媽，還記不記得房產證，交給誰了？」她柔聲地把壓在心頭的疑問說了出來。甜嬸恢復了一臉的暗淡，木然地沒有任何反應。她的眼角已鬆馳下來，歲月在塗抹一切，往事對於她都已經不翼而飛了吧，她怎麼還會記得房產證？

見葦雨向甜嬸詢問房產證的事情，在一旁的禾叔見狀，猶豫了一下，走近葦雨，說：「如果你需要房子，這座房子的產權可以轉到你的名下。」葦雨搖了搖頭，說：「不要，我不是這個意思。」

禾叔這幢小樓，在婚姻的分分合合中，和甜嬸有著千絲萬縷的關係。禾叔看到甜嬸曾經因房屋引起的母子爭產問題，他不想夜長夢多，考慮提前把房子轉讓給一個靠得住的晚輩。

甜嬸摔傷腳後，身體中隱藏的各種疾病爭相走出來折磨她。她沒能捱過這個夏季，還是走了。處理甜嬸後事時，堅哥沒有出現。葦雨從禾叔那裡知道，堅哥的房產已被女方轉移到了自己的名下。女方是律師，用的是技巧還是計謀，不是葦雨能夠揣測得出的。堅哥新一輪房屋爭奪戰將轉向何處？法律，只要不怕血本無歸，有大量空間和時間留給他去較勁。

她在不知不覺中被生活擺佈，擺在眼前的已是答案，可她要用問號去看待

電話不響，惟一的好處可以給她無限想像的空間，讓她還有所期待，沿用吳生灌輸的思路：半年後我就回來。要命的是，女人的想像總是美好得令她們自己都透不過氣來。她想像他會有一天突然出現，不按門鈴就站在門口，帶給她一個從天而降的驚喜。她像一隻被捕獵的綿羊，不可救藥地相信他，把自己供上善於獵艷者的餐桌，再搭上自己的所有。

傍晚的黑色浸透了秋意，街頭的路燈昏黃發暗。

終於，葦雨的手機在震動，一看是熟悉的號碼，正走在下班的人流中的她，即刻被這個電話拽住了腳步，她幾乎是顫抖著手在接聽電話。

「我是絲曼的媽媽，我想告訴你……」她顯得有些激動，打斷了電話中對方的聲音，說：「阿姨，等等，路上太吵。」她想聽清楚接下來的每句話，急步靠近路邊一座商廈的雲石牆邊，心想：半年的期限到了，絲曼還活著嗎？雖然這種想法不吉利，可是她真的這樣在想。

「什麼消息？阿姨。」她緊張地問。「絲曼懷孕了……」電話中的聲音不緩不慢，就像電視中的新聞發言人在發佈消息，不帶任何感情色彩。「什麼？」她聽得很清楚了，只

是不相信，還傻傻地又問了一句：「為什麼要告訴我這種消息？」消息發送了，電話也就掛斷了。

這魔方般轉動出的生活的變幻莫測，令她定定地站在那裡，像被人施了定身術一樣，半晌，才回過神來。世上的荒謬，只要意識不到，都可以合理合情地存在著。

她想撥打吳生的電話，想聽他怎麼解釋。已經近一個月沒聯絡了，可是咬痛了嘴皮，都按不下他的號碼，而撥出的是絲曼的電話。她兩手有些顫動，但一撥就撥通了。

「有事嗎？」絲曼的聲音很冷淡很輕飄，像是伴著遠處的海浪聲湧來。「絲曼，我真心對你，你，你怎麼這樣……」她有些冷，聲音在發顫。細雨已滴進她的秀髮，並順著髮絲浸入身體。她穿的是職業裙裝，針織墨綠色方格的外套，在幫她吸收寒雨。

「怎麼啦？」絲曼的電話裡有雄壯的背景樂，快淹沒她的聲音。「你不該搶走別人的……男人。」淚水在她眼中打轉，囁囁嚅嚅說不出完整的意思。沒有女人想說這種話，說時很費力。

「誰的男人？他告訴過你，他是誰的男人嗎？還是因為他和你睡過？現在，他睡在我身邊。」絲曼的語氣生硬起來，每一句都嗆得她難受。「說好了半年，這不是騙人嗎？」

她的情緒被挑動，說話直接起來。「不要動不動就說騙。」絲曼更加不客氣，說：「這叫本事！不要再來打擾我，我不想動胎氣。」說完，掛斷電話。

女人為感情起爭執，野性起來像母獅。

自己幫人的好意怎麼發展成向別人求救？這自以為抓在手上的愛情怎麼說蒸發就蒸發了？無論怎樣想，這樣的生活變局令她天旋地轉。

吳生終於打來了電話，好像是預算好了時間似的，她已經到了室內，並洗換乾淨。她沒有食慾，晚餐用的是夏威夷堅果之類的零食裹腹。因淋了雨，受了點涼，更多的是委屈，令她不勝負荷地打著噴嚏。

聽到他的聲音，一滴淚水就這麼不爭氣地滑落在唇邊，並鹹鹹地浸入口中，許多的委屈轉化成了一句：「你多久回來？」她還想說我在等你一起去看奧運開幕式，但聲音被噴嚏聲打住了。

她犯了許多女人的通病，在失望中去找希望。他們是怎麼好起來的？他怎麼會愛上絲曼？她有疑問，不知道感情是不講邏輯的。

「你知道的，絲曼有了孩子，我不能那麼絕情。」他的聲音細小，依舊是慢條斯理式的，他說過這樣說話有修養。「所以，你可以對我絕情？」她的情緒一直在波動，語速在加快，接著又說：「原來你們一早就商量好的。」「這是你的認為。事情既然發生，我們都希望朝著自己滿意的方向發展。」他的理由只要說出來，不管如何他都能說得通。「滿意？是你滿意還是我滿意？」她問。他沒有回應她的問話，而是說出另外的話意：「如果你需要，我的房屋，你還可以繼續住三個月。」「什麼意思？」她是在明知故問。見他不應聲，她負氣地掛斷了電話，再聽下去，她害怕幻見牆壁上露出更多滴淚的眼睛。

情感上的存在，曾經像是心儀中的兩個人一起搭建的雕花餐檯，隨便擺放一件有關兩人世界的話題，用柔情蜜語浸泡一下，便會醉倒一片天。可是，心一走散，說坍檯就坍檯。

她傷了元氣般倒在沙發上，一動不動地看著電視屏幕發呆。之前打過的所有電話，令她的心在不同的時空中滑翔，突然返回原地，像歷經了漫長的時光輪轉。

她的頭深埋在抱枕中，一條印花浴巾，裹著沐浴過的還帶著薰衣草香的身體。「我喜歡聞你的體香。」那是她剛走入這房間，他吻著她的耳垂說出的話，如今，在時光的聚散中，就這樣不祥地被一陣旋風馱走了。生活，加糖加鹽加醋，放什麼作料，她以為都隨心所欲，就怕「可是」，可是，生活是不認人的。

有些諾言像極了咒語。

她看了看因為他不在而顯得空湯蕩的房間，新款的遮光窗簾厚重得連風都吹不動，上面爬滿了灰塵，她原本這兩天拆下來送去乾洗店洗一下的，現在不想了。

魚缸裏的水聲成了室內最大的聲響而貫入她的雙耳。她一陣耳鳴心悸，感到四周都潛藏著謊言。

電視裡仍在播放你儂我儂的愛情戲，她已用搖控把電視的音量調至無聲。

無論她正在經歷著什麼，世界依舊故我，無動於衷。

她內心猛然間的幽暗，可以直通地下三層

很多時候，以為一夜風來便是一個新晨，舊的傷痛可以過去，卻不知新的傷痛隨時會應約出現，一如白天剛走，無數個黑夜又會捲土重來。這是定律，天時地利，誰違忤，定會被生活打翻在地。她沒有放大自己在生活中的願望，只是壓縮到有房住，然而男人的無情依舊把她的情意粉碎成紙屑。

「我們的房子被買掉了！」當手機桌面上跳躍出以上一段文字時，她才從自己的故事中恢復知覺，去翻看素荷的短訊。

這段期間，她沉溺在自己的痛失中，手機裡有十幾則素荷發來的的短訊，也沒有心思看。「房子被銀行賣掉了，竟然還說在為我們繼續打官司，我媽媽是來陪同他們遊車河嗎？」看到這裡，葦雨的心一緊，埋下頭，繼續急急地看下去。

「明明找不到我爸爸了，可是竟然要三番兩次要我媽媽填寫我爸爸的經濟狀況，浪費大量時間。房子都沒有爭取到，他們卻弄出一份把房產轉讓在我名下的呈請書，這不是玩弄法律嗎？收我們的錢來害我們。」一定是傷透了心，才能一鼓作氣寫出那麼多的質疑。

呈請書？葦雨調整記憶，努力在回想，記得葦雨媽媽填寫過一份要求保護房子的呈請書，卻見素荷在短訊中寫道：「他們沒有呈交給法院，卻莫名其妙衍生出三、四份其他的呈情書。」

這樣的短訊，看得她心裏怦怦跳，一條條訊息都是怒火燃燒出來的控訴，抽打得葦雨原本就疲累的身心一陣緊似一陣地難受。一份歉意早已把她的心收縮得緊緊的，她想不到原本想幫素荷和她的媽媽，卻變成害了她們。

「他們明知道我的爸爸不在這個世上了，故意隱瞞實情，把案子引向相反方向。他們怎麼這樣壞！」讀完素荷的訊息，葦雨好像明白了什麼，不，是突然間已明白了一切。

素荷家的房子被賣掉了？吳生他們怎麼敢這樣做？

她要去見素荷，想約好見面的時間和地點，可是，連續發出的短訊沒有回應。她想打電話，但素荷沒有接電話的習慣，這個時候任何不小心都會造成傷痛。下班後，她直接搭車去了素荷工作的酒吧。天氣轉涼，出門時，她忘記加一件外套，這段時間總是丟三落四，內心被生活中的變幻無常奇襲得丟了魂一樣。

不久前，素荷還有短訊告訴她，說是想和自己的戀人一起開一家小型酒吧，她正在選址，餐館名都定好了，到時由媽媽題字，叫做：念念不忘餐廳。葦雨被這樣美好的構思打動著，還想過：素荷媽媽的案子快結束了，素荷的生活即將好起來了。可是，生活隔三差五在變臉，房子怎麼可能賣掉？

她下車，來到素荷工作的酒吧附近的休憩公園。以前她和素荷經常在這裡的小亭子前會合，然後去附近食肆用餐。正在猶豫要不要再給素荷發個短訊時，她抬頭看見涼亭旁邊的草地上素荷的背影，顯現在一片擴散的光影中。

她輕手輕腳地走近，慢慢地，她看見那身體在抽搐。她停下腳步，清楚地聽到素荷的哽咽聲。「媽媽呀，媽媽……」那用勁發出的聲音，擠進了淚水中，借助於撕心的呼喚來表達。她的背影隨同落日的餘暉，被攝入黃昏的特寫中。

「明明是我媽媽在爭取屬於她一半的住房權益，怎麼變成了把房產全部轉讓在我的名下？這宗案件不是離婚案嗎，怎麼變成了爭產案？」素荷不知道葦雨在她的身後，邊抽泣邊發送短訊給她。這是一種被困擾了很久很深的情緒，急需抒發。

「他們在害人，他們是騙子！」用語越來越不客氣，如果身邊站著吳生，想必會不顧一切上前衝撞，跟他拚命。素荷不單指吳生而用他們，或許她知道這是一群合夥人。

「素荷。」葦雨輕緩地從素荷的身後繞到她面前。素荷放下手機，緩緩抬起頭，滿面是淚水。她自我折磨得很厲害，雙手互抓互撓，手臂上，已抓出一條條帶血跡的指甲印。

「不要這樣，素荷。」葦雨抓住她纖細的手。這是一雙巧手，能調制各種美味的雞尾酒。

「我，媽媽，走了……」她邊努力發音，邊伸出手指做了一個六字型，再朝下，打著手語，然後也不管身處何地，終於忍不住地捂面放聲大哭起來。她苦於不能訴說，只能用哭聲來表達。那哭聲一陣緊似一陣，淒淒楚楚，能把整個公園罩住。素荷發送的每個字都戳到葦雨的痛處，把她內心的痛點連接成一片。

「素荷，你在說什麼？」其實她已聽懂了，只是不知如何安慰是好，對著哭泣中的素荷，顯得有些手足無措。

葦雨想起自己當初對素荷的許諾，歉疚之情纏緊她不放。她總感到素荷母親的離世和自己有關，自己像是幫兇。各種情緒混雜在一起，使她不管不顧地去撥通了吳生的電話。由於激動，劈頭蓋腦就是一句：「吳生，素荷媽媽的案子還在你手上吧？」

「怎麼像是來吵架的，能不能斯文一些？」聽到葦雨這麼生硬的聲音，他顯然有些不滿。「斯文，讓你當被害人，看看你會不會還講斯文？房屋是夫妻共有的，銀行怎麼不打招呼就敢售出客戶的房子？」即使情緒激烈，但她努力在掌握表達中的條理性。

「你要分清楚，我也是才知道，是銀行售出的……」他試圖在強調房屋售出與律師事務所無關，又說：「銀行是在按法律程式……」「又來什麼程式，素荷媽媽為你提供資料數據，你再編好一個欺騙她的程式，對嗎？」一聽到法律程式，葦雨就厭煩心驟起，內心燃燒的熱燄直衝腦門，緊追不放地問：「素荷媽媽的房產能夠到手嗎？到不了手的房產怎麼轉讓？你們一邊收錢一邊害人，怎麼下得了手？」

人在憤怒中，語言像鑿出了的泉眼般，一個個的句子從唇中往外冒。一連串說了這些，她發現似乎用盡了全身的力氣，身體的重心斜倚在涼亭的柱子上，忘記了還可以坐下。

「你不要胡亂說話，要尊重法律。」他的音量在她情緒的牽動下加大。他能掌控局面，自然懂得把燒身的火引向何處，於是用很無辜的語氣反問她：「你怎麼把氣撒向我？你怎麼到現在還不能理解法律？」

「法律？一鍋白粥，被你東添西加，變成了合你口味的添加劑！」說到這裡，她停了下來，電話中一片啞然。

她原本是想跟吳生在一起可以多學一點法律知識，讓自己變聰明一點的，誰知道她一接觸他手上的法律，反而變成糊塗人了。許多問題出現了，離婚案東拐西彎已偏離了既有的方向，保護房屋的呈請書不呈交，房屋未受到保護，這不是明擺著辦案的過程中會出現變數嗎？法官呢？書記官呢？他們的職責是什麼？只是配合律師簽署文件嗎？她的腦袋裡突然呈漿糊狀，而吳生的電話不知在何時已掛斷。

她感覺自己像是在玩一場遊戲，完全想不到這個世界上還有這麼荒唐的遊戲。擺在眼前的事實是：法律到了什麼人的手上就像什麼人的樣子，如果到了邪惡者手上，少不了強盜的特質。

說不出的氣憤令她快要窒息，她開始撥打電話，撥響了警署的電話。一聽有人接聽，她就對著電話有話說，即使努力想壓低音量，聲調仍在上揚，快要刺破天空。她幾乎在吶喊：「你們不是要掃黑嗎？有一個地方你們應該去臥臥底，去看看那裡有多黑？」她很想溫雅地表述，但無法做到。

她不管對方是否聽清楚了，說完便掛了線。她始終說不出的是：法律，太沉重！

等她再望問涼亭，不見了素荷的身影。

生命中的每一次相遇，都是一個銜接點，把一段段的經歷銜接成人生

一連兩個晚上，都有相同的夢境糾纏她：一根繩索，套著一些人在走，繩索越勒越緊，卻看不到拿繩索的人，也看不清被套的人是誰。天昏地暗中，她感到有一個黑洞不斷地旋轉，大有吞噬一切之勢。生命中的傷痛只要不忽略，是有形狀的。

她在找素荷，思緒跟著腳步在走，邁入了酒吧。現在是素荷的工作時間。酒吧的燈光調配出的光色就如雞尾酒色一樣，迷離又夢幻，浮蕩在吧台吧椅及顧客的身上。

素荷去了哪裡？她直奔酒吧工作檯，但看不到素荷俏麗的身影，換成了一個靚仔調酒師。那些紅紅綠綠的瓶子在她的眼前晃動，素荷的哭聲已滾動出一塊巨石，壓得她身心異常沉重。

侍應小姐見過葦雨，見她雙眼濕濕的，又是來找素荷，連忙上前告訴她素荷來了又走了，說是身體不舒服，支持不住。還說素荷以前無請假紀錄，這段時間很反常。

感情上的傷害連皮帶肉通五臟，令葦雨疲累得邁不動腳步，在靠牆壁的位置，扶著一張吧椅順便坐下。前塵今事地一念及，傷感的情緒開閘洩洪般滾滾而來，淹沒了她的自制能力。

周圍依舊杯響人喧，熱鬧登場。這是週五，酒吧內坐了許多人，其中不乏內心被生活的火藥炸裂了口的人。有人晃動著生活中的無奈和失望，用高腳玻璃杯碰出的聲響來買醉，用酒精來驅散內心的煩憂。

內心的苦痛鬱積得太深，催出的淚水很重。她發現腦部少根筋的女人，就像無脊椎動物一樣，一門心思想著為了男人去改變自己，天生就是被人拿鑷子夾的命，她是什麼時候開始成為這類女人的？就這樣悲悲戚戚地想著，眼淚似乎流不完。

等她伸手想從手袋裡再取紙巾時，旁邊有晃動的人影，把一包紙巾遞給她。她沒有抬頭去看對方，不好意思讓別人看到自己紅種的眼睛。

「哪個男人的痴情藥這麼管用，讓一個漂亮女人為他流這麼多淚水？」很好聽的男聲，帶點歌音的韻味。她聽後稍稍抬高了頭，看見有一雙男子的手在桌面上清理她擦過眼淚的紙巾。這手，筋骨明晰，左手小指缺了一節。再順著手背看上去，靠近她的右臂上，能看到一條靑龍的刺青圖案。「吃點東西吧。」隨著這男子的音落，一碟新鮮水果撻被他用手推送到她眼前。這裡的食物賣相好，數顆草莓，幾片香芒，就可點綴出一道濃淡不同的美味。

她這才想起自己只顧著難受，忘了點小吃了。一種溫馨的感覺，令她的眼淚又滑落下來。「傻妹，掉進哪個男人挖的坑裡了吧？」他再次遞上紙巾，語氣中帶著撫慰。她搖了搖頭，收住淚水，說：「是洞裡。」「洞和坑有區別嗎？都是掉進去。」他很快回應。看得出，他喜歡和她對話。

她內心的痛，急於傾訴，於是哽咽地說：「明明是騙術，可怎麼變成了……法律。」他聽到這麼一句無鳌頭的話，搖了搖高腳雞尾酒杯，杯底的冰塊在輕輕晃動，停了停，說：「傻妹，你好像現在才睡醒。」此時，他的心頭也正壓住一塊巨石，如果不是身邊坐著一個女人，他杯中的雞尾酒早已傾杯落肚。

她連吃了兩口甜品，才緩解了一臉的呆滯。然後，她抬起頭去看，看到一個白底藍花T恤裝束中的男子。這是一張冷峻的面孔，側分的頭髮用髮膠固定得有型而一絲不亂。她的目光被他的面孔鎖定了一樣，一動不動的。

他迎著她的目光，端起高腳酒杯，又那麼輕輕地搖了搖，那眼角浮現出的帶點俏皮的笑意，把她的思緒領向記憶的深處。「你是……伍子豪？」記憶的河水在奔淌，她不敢確定，只是試探性地問。他點了點頭，順便把一杯為她點好的深咖啡色的威士忌珍珠奶茶遞給她。

「水筆仔！」她的目光在他臉上來回掃描了幾下，比他的自我介紹要快。那是她存放在記憶深處的名字，那名字是她為他取的。水筆仔是一種植物的名稱，這裡的郊野沼澤地帶可以看見。它果實修長如筆，如果掉落，栽入泥中便可成活，長成新樹，如果漂在水面上，便會化成養料。只是想不到她當時一叫就把水筆仔的花名叫開了，其他同學也跟著她這麼叫他。水筆仔的名字，緊貼著一個彈吉他的英俊少年。

「我關注你，還追蹤過你。」他呷了一口雞尾酒，並很爽意地舒展了一下眉宇。「跟蹤？」這麼些年，她的腦海晃動出一些光和影交織的夜晚，她總覺得身後晃動著的影子，會是他嗎？

「你以為世界很大嗎？」他笑了笑，笑得很輕。誰的情感中沒有幾分無奈？伸手可及的不是真愛，萬般留戀的卻不是朝向自己的笑臉。現代社會，有的人住在同一幢樓，即使是鄰居，都不一定會照面。他沒有告訴她，中學時和她曾經同住在一條街上。

「為什麼不直接找我？」她問。「我？你願意？」他苦笑了一下。在校時，因為帥氣，彈得一手好吉他的他，曾一度成為女生迷。沒有人知道，他過早領略到不幸所帶來的生活的塌方。五歲時，母親棄他而去。他認定母親的出走和父親的粗暴有關。母親被父親一把推倒在地的喊叫聲，過早撕裂了他的童心。父親生前提及有二十萬現金交給姑媽保存，只是，他去找姑媽想要回這筆錢時，姑媽不承認這筆錢的存在。那一刻，他感到全世界都在欺負自己，這個世界太不公平。悲苦萬狀中，他想看到別人像他一樣哭一樣痛，只有這樣，他才能獲得一種內心的平衡。在他跟著年邁的爺爺一起生活時，他又和若即若離的一幫街頭古惑仔玩在了一起。慢慢地，他比抽大麻還享受乘人不備的劫掠所刺激出的精神快感。

他的故事他從不說給外人聽，哪怕只透露一點。但在今天，面對悲傷中的葦雨，不知不覺說起了自己的故事片斷。父親的離世和他有關，這是一種負罪感，壓迫著他的每根神經，一說痛就來了，痛上一陣子，內心似乎釋放了一些郁悶情緒。

他那仍游蕩著桀驁不馴的眼神，依稀可見的帥氣，俘獲著她的目光。這原本是一張明星的面孔，卻沒有被生活善待。只是仔細看，額角留下一條長長的疤痕，他用髮膠固定的髮式，使這道疤痕更明顯。她已猜出了他的身分。

葦雨聽著他的故事，還沒有乾透的眼眶又濕潤了。在父母不幸的婚姻裡面，子女永遠是無辜的，自己的少兒時期在父母身邊的生活又能比他好多少？

「還彈吉他嗎？」她問。他下意識地看了看自己的左手，上面有兩道結痂的疤痕，搖搖頭，欲言又止。

你站得那麼遠，
站成了我的彼岸。
我內心蕩漾著期盼，
一往情深，日夜想念，
朝著你的方向揚帆。
白霧茫茫的海面，
瞬息萬變，
始終難以靠近，
難以靠近你的呼喚。

她輕輕地哼唱起了他留在她記憶中的歌。這首歌，她記不全，也只會唱上半段。她看著他唱，一如對著當年那個彈吉他的少年。

遠去的歌聲，還縈繞在他的心上，他接著唱：

我的船太小太蒼涼，

桅桿被颶風折斷，
穿越不了驚濤駭浪。
期盼，期盼，
只能在風口波心打轉。

如今屬於他的生活哪有甚麼歌，他好久未唱歌，嗓音在煙熏酒嗆中已受損不少，但對著她唱，他興致驟起，終於完成一首歌的首尾相連。

「讀書時，記得你為了我去打過架。」她回憶說。「現在還需要我幫你出頭嗎？」他的腦海掠過她頂著同學們驚訝的目光，陪他走出校園的情景，那是他收藏在記憶中最美的畫面。

他聽她在飄忽的燈影中講述自己的遭遇，她的話題，也是他的。「我們，大男人都被人呃，就別說你一個女仔。」聽了她的哭訴，他說。在他眼中，女人都像小孩子，是男人保護的對象，這點，包含在他所講的義氣之中。「哪來的白手套？」他問。這樣的問話，她想了想才有所反應。她取出吳生的名片給他看。「前景？原來我們遇到的是同一禍源。」他說得不動聲色，但眼光在名片多駐留了片刻。最近他有兄弟上訴失敗，走私罪成，律師最初開出的保票化成泡影，隨這個泡影消失了的還有他的兄弟們一起集資的八位數的律師

費。

他沒有對她說他的兄弟為何進了差館，但點到的意思，她是明白的。他清楚地知道，所謂的公平公正很難能和他們這樣的人擺在一起，有一個黑色標籤，牢牢貼在他們身上。為了生計，他們怎麼做怎麼錯，即使打官司，怎麼可能贏得了?但有兄弟救人心切，偏信律師嘴裡的通過他們的辯護便能減刑期三年的大話，把錢白白投入水中。

「做事腹黑，方能成事。」只見他牙幫在咬動，說：「有的人的工作看似體面，但做起事來不擇手段。」這回，她知道他在指誰了。盤中的甜點，她吃著，卻吃不出味道。她很認真地在聽。

「傻女，明搶暗奪，這世道就是這樣啦，只不過……」他停了停，嘆了一口氣，說：「大家容易放過戴白手套的手。」

聽她說要說服朋友去投訴，他搖著頭，說：「聽我一句，以我在江湖的經驗，告不倒他們。越黑的律師你越告不倒，別浪費時間了！」

「就這樣任他們宰割嗎？」她問。

「這世上，只有絕望，沒有絕路，有一條路可走……」

「什麼路？」她雙眼緊盯著他，迫切想要知道。

「用拳頭說話！」語音剛落，他一拳砸在吧檯上，震得杯中的酒晃蕩。「傻女，世界同我們過意不去，我們不要自己跟自己過意不去。」

她注視著他，問：「有辦法嗎？」

「有，我可以幫你。」他雙眼痴痴地望著她，又說：「不過，有條件。」

「什麼條件？」

「做我的女人。」他看她的目光凝成一束，說：「我不會讓自己的女人被人欺負。」

他見她半信半疑在打量自己，又說：「不要用這種眼光來看我，把人看死，好像我壞得會吃人一樣。我要讓你知道，我再壞，還有底線，不會傷害老人，還有……女人。」

他用一根牙籤去頂吧檯上的水果盤，一用力，咔嚓一下折斷了。他換了一把鋼叉，一頂，水果盤移位。見她看得仔細，便說：「這就是道理，你那點力量跟他們鬥，會像牙籤折斷自己。但，可以用恰當的方法，讓傷害你的人付出相同的代價。」

她心疼地又去注視眼前這一張明星的面孔，已被生活粗魯地用職業劃分出屬性。她若有所思了一陣，說你能不能改變一下自己？

「什麼意思？」他問。

「不梳大背頭，更帥氣。」她看了看他被髮膠固定了的髮式說。

「不要試圖改變別人，不然……」他的臉突然一沉，向門口努了努嘴，說：「請便！」

周圍很嘈雜，她突然間什麼都不想說了。

沉默了一下，他說真心喜歡一個男人，怎麼看都順眼，我並不會因為你不染指甲不豐胸，而認為你不性感。

「做我們這一行，講的是義氣。」說著，他晃動了一下自己的右手臂，問：「你知道上面是什麼圖案嗎？」

「青龍。」她看到了龍頭。

他搖了搖頭說：「是字，義。」他把手臂展開給她看，她這才仔細看出了字，一股濃煙般盤旋而出的漢字：義。

已不知不覺夜深了。他開車送她到她的住處，在她下車前，扔給她一句話：「如果沒地方住，不要去租屋，找我，我可以保護你。」

她站在夜色中，目送他遠去的車，品味著他的話。

第七章　莫問前景

生活沒有預演，一切都是直播，直接亮相

這段時間，葦雨一直心鬱鬱的，這是屬於她的孤獨，在她身上蟄伏了整個冬季。

南方初春的天氣，氣溫已在回暖，可是她仍感到很冷，冷得面無表情，冷得內心竭斯底里，每天都想隨手抓取幾樣可以取暖的東西。

三天前，她在租屋和找水筆仔之間作了選擇。水筆仔說得對，單槍匹馬走天下的女人，在社會上，稍不留神，會受人欺負的。

就在上週房地產代理帶著客戶剛出門，她便收到一則短訊：我這裡，你還可以住一個

月。只不過這樣的短訊，從那個說要摟緊她一生的男人那裡發出，更像是一道催命符。他做任何事情都可以做到不動聲色，不留下把柄，甚至還會讓人覺得有欠於他。

情傷，負罪感，不帶任何附加條件，就這麼垂直不打斜地降落在她的身上。

只是，她沒有精力再去和他計較，她牽掛的是素荷，負疚之心一直緊緊拽住她，不管素荷是否理睬，她都堅持每天發一則短訊去關懷和問候。終於素荷有了回覆，說是身邊有男友陪伴，已為媽媽辦了後事，現在最想平靜下來。她寫道：我不怪妳，只怪我媽媽走近了法律。

「明天中午十二時，在你家附近的地鐵站，你來，我有東西交給你。」葦雨連忙再發短訊，手機上又沒有了回覆。素荷怎麼做，她都能夠理解。她為了完成一個心願般按時去了素荷家附近的地鐵站。

她剛坐扶手電梯上來，就在出閘口，一眼看到了素荷，隱約中還有另外的身影，走近時又不見了。

素荷向她點頭走來，眼睛因淚水浸泡得過多而有些紅腫，紅潤的面色已被傷痛擠走，讓人看了心疼。她的頸上佩戴了一條新項練，心型吊墜上印有媽媽的相片，裡面裝著媽媽的些許骨灰。

葦雨遞上一個精美的印花紙袋，說：「裡面有你喜歡的絲巾，是素色的。」「謝謝，有心了。我是剛剛決定來，所以沒覆……」素荷打著手語做解釋。

人在苦痛中，做任何事情都會猶疑不決，力不從心，這點，葦雨能理解。

這時從側面的圓柱後走過來一位男士，牛仔裝束，壯實的體格，一頭濃密的烏髮。葦雨看看這名男子，又看看素荷，腦海迅速地剪輯著記憶，那個多年前在蓊翳光影中，和自己一起從樹洞裏掏故事的男生，如今又站在了眼前。

想不到生活中遇過的人和事，都鏈接著自己的命運。

「葦雨。」他首先開口叫她，聲音一出，臉上的笑容就像郊野的陽光迅速聚集在臉上。「是你！」她迅速認出了他，那左頰上的笑窩依舊那麼深。「天藍藍呀路彎彎……」她還記得他即興而來的詩趣的第一句，那個捉蟲養蟒蛇的湯包被歲月重新推出，神清氣爽地站在眼前。

她想過他們可能還會見面，只是想不到會在這樣的場合。還有一個素荷站在旁邊。她很怕他問一句「你過得好嗎？」不知不覺她的內心已設下了防護攔，屬於她的生活，已隔

離成了昨天和今天。今天是什麼？在她眼裏，是滑落了吊帶的一襲華麗絲裙，是一爐燃滅了內心激情的灰燼。

「是我，湯包。」他回應，臉上的笑容還像年少時，乾淨得可以晃動出光亮。他從素荷那裡已經知道了葦雨的存在，她是他存放在記憶首頁的女生。

「夢想實現了嗎？」她問得有些漫不經心，更像是在找話題。原本久別的朋友，相逢不是時候。「實現了一半。」湯包看了看素荷，回應道：「做了廚師，但沒有在海鮮舫上。」

有些話原本應該拉長來說，比如問問這些年彼此的閒雲心情，以及野鶴行蹤，只是，此時大家的心情，已堆三填四地變得不那麼輕鬆了。一張歲月的簾子，從飄逸透明的純絲料，到擋光隔音的混紡織品，層層加厚加重，多年過去，心和心相隔了何止十里煙雲。

倆人像是在打暗語，素荷撲閃的眼睛在注視他們的嘴唇。

「素荷媽媽的事，有沒有想過去投訴？」她看了看素荷，問湯包。湯包和素荷對視了一下，無奈地搖了搖頭，許多的話似乎到了唇邊又吞了回去。他們經歷了些什麼，葦雨不知道。

「有一種天體叫黑洞，你永遠不知裡面會發生什麼。有些東西你明知道黑，為甚麼還要再去碰？」湯包環顧了一下地鐵閘門出出入入的人流，說了一句葦雨一時沒有聽懂的話：「行古惑冇好下場。」說著他牽起素荷的手，又說：「我們都是小人物，都在各自的命運中打轉，哪有那麼多的時間和精力躲了龍捲風，又要避颱風，去一個沒有強風的安全地帶生活不是很好嗎？」

他告訴葦雨，過兩天他要和素荷去法國旅行去。素荷以前對她說過的莫奈的荷塘。她側頭去看湯包身邊的素荷。素荷看懂了她的神情似的報以點頭。

素荷媽媽離世前沒有留下遺書，卻留下了去法國的兩張機票，壓在素荷的枕頭下。

葦雨對著眼前這對情侶，雙手合十，輕聲對湯包說：「好好照顧素荷。紙袋中有個信封，要記得看。」那個信封中，她放了一張支票，裡面的金額，可以幫素荷支付三個月房租。她內心的疚意很深，不知道還有什麼更好的方法可以幫助素荷。湯包嚅動了一下嘴唇，看著葦雨，嚥下了還想說的話。

當葦雨的目光再次轉向素荷，兩個女人，淚眼對淚眼，相互理解似地點了點，沒有說話，然後轉身，朝向各自的生活。

晚上，她撥響了水筆仔的電話，卻說不出話來，怕一開口，便用盡做女人的底氣。租屋，保護，找我，水筆仔說過的話斷句似地帶著預示性，並不需要她太多去領會，便直接展示在她的生活中。「傻女，什麼時候來告訴我，我來接你。」他用傻女稱呼她，其中包含著深深的愛意。他似乎知道她想說什麼，用他慣常的語氣，消除她的不安。

一段感情說消失就消失了，住的地方說沒有也就沒有了，生活要擠走一個人的希望，只需讓他無立錐之地。她慶幸自己當初還有點清醒，沒有丟掉工作。好在之前有水筆仔的提醒墊底，面對擺在眼前的生活創痛，她的情緒還不至於徹底崩潰。

活著，尤其是女人，是需要在男人那裡尋找一點什麼的，每個女人的動機不同，有的女人尋找的是依靠，而她最需要的是被保護，水筆仔的出現適合她這種的心境。

她收拾好行李，臨出門前，重新把室內看了一遍。自從她居住進來，沒添置過什麼大件，還是樣品房一樣的擺設。

感情走到了盡頭，悲傷，說來就來，像天上的掃帚雲，拖出一場空歡喜的尾音。一旦決定捨棄了，眼前所面對的，似乎是一個不值得留戀的廢墟。房屋裡還留下三樣她耳熟能詳的東西：魚缸，蝴蝶標本冊，以及碎紙機，他的許諾已攪碎在他的碎紙機中。

說不出什麼心理，她再一次把魚缸裏的吃盡小魚的大魚，沖入了馬桶裏。

金魚缸上那雙老人的眼睛還隱隱約約地存在。

不是每個人都有轉身後的峰迴路轉

許多的過往，明擺在那裡，她不敢去觸碰，怕一不小心，碰痛自己。二十出頭，流光溢彩的年齡，她經歷的鬱悶太多，心的痛點比一般女生多。

直到一陣風吹起她身上的印花絲巾，才拽回她的思緒，意識到這是一個週末，自己正走在一條人來人往的舊街道上。

一個黑色背囊，一個灰色行李箱，便裝下了她的日常。她的腳步有些凌亂，走在暮色黃昏裡，白天，都被現實消耗盡了。往前走，再過一條街就是小巴站。

水筆仔住在郊外，有專線小巴直達他那裡。

等車時，她停靠在一個食肆門口的書擋旁給他發短信：「我正在等小巴。」然後，目光轉移到了眼前的書攤。刊物雜誌在暮色靄靄中不改往日的容顏，不斷演繹的內容依舊是有關這座城市明星的緋聞，以及富人間的明爭暗鬥。她想看的一本趣味雜誌，已悄無聲息地消逝在這座城市的煙塵裡。

等她下了車，沒見到水筆仔的身影，於是再發訊息。他有過交待，和他聯繫的最好方法是發訊息。「我過來接你。」他回覆道。

她站在他住宅區附近的公園門口等他。這悶熱的天氣，細蟲緊叮著她咬。她邊躲腳邊環顧這車輛稀少的四周，有一種淒涼，隨著身邊漸起的細雨在她的雙眸中泛起。

喵！不遠處有隻花貓定定地看著她，貓眼中的光閃亮得像綠色的寶石。她慢慢走近貓，揮手嗨了一聲同花貓打招呼。貓用牠的尾巴甩出一道弧線，那是一條殘缺不全的尾巴，還有半截呢？

「小花貓，誰欺負你了？」她憐愛地蹲下來，伸手撫摸牠那濕漉漉的毛。誰知花貓一個可憐狀地靠向她。眼前有一雙男性的白色運動鞋在晃動，沒等她抬頭看，他用雙手扶她起身，告訴她因為和兄弟們有事在一起，所以來遲了。

「傻女，讓你久等了。」他用手拂了拂她頭上的雨珠說。這是他少有的表達歉意的方式，他的生活中沒有對不起，他習慣性的一句話是「休想管我」。

她抱著花貓起身，聞到了他身上的酒氣。是否猜拳行酒令去了？她想問卻不便問。他看了看她正摟緊的花貓，說：「把花貓帶上。」然後接過她的背囊，一手拖著她的行李箱一手牽著她的手，把她帶往自己的住處。

他租住的是村屋，周圍時不時聽得到狗吠聲。葦雨想不到每天他提心吊膽地活著，卻活得需要租房住。

「到了。」踏完二樓的階梯，他把她連同花貓領入室內。

她身體貼著門邊的牆壁，像在看一份老闆的計劃綱要，眼睛滴溜一轉，把室內大體瀏覽了一遍。室內最亮眼的是從天花板上垂落下的水晶吊燈閃出的光亮，搭上幾件電視機、沙發之類的家俬家電擺設。居住條件之簡陋，和他出入酒吧時的那種氣派存在距離。

這種住宅比市區許多大廈式的居住環境多了一樣東西，那就是緊貼客廳有一個陽台。那裡有兩盆植物，垂頭喪氣的莖葉似乎在哀怨主人疏於打理，如果他不說，她不知道這是捕蠅草，這種植物能捕捉昆蟲。

他為她調好一杯溫熱的橘子蜜，再拿出一些麵包餵貓，轉身又去浴池打開熱水爐，然後告訴她，自己搬入這裡不到半年。他自己的房子為了兄弟的官司賠了進去。許多的細節他不想述說，不然會令他生出郁悶，在煙霧中嗆痛自己。

見她饒有興致裡裡外外觀覽完他的住所後，他說：「快去沖個澡，把身上的熱氣沖走。」這溫暖的語氣和他冷峻的面孔形成明顯的對比。

因為有過一次感情的創傷，她對男人開始有所防範。她知道作為女人去走近一個男人，應該交出甚麼，明約暗許下，就是女人的身體。她還青春，圓潤的體態具有令男人無法抗拒的吸引力。

當她水濕珠潤出浴，額頭上還滴著水珠就去貼近他。

他沒有擁她入懷，而是伸手拉下她裹身的浴巾，說：「傻女，來回走給我看。」

「你把我當什麼人？」只是這樣的話她沒有說出口，她看出了他的敏感，擔心一句不合適的話令他另有所想。這裡，他有權利讓她住進來，也有權利讓她走出去。

像是注視著一場意外一樣，她注視著他的反常。她在他目光直擊下遲疑了數秒鐘，然後邁開腳步，赤裸著身體行走在電視屏幕前。只要能夠驅動身體走出第一步，緊接著的第二步第三步就不又難走了。她光腳點擊著地板，顫動出一個女人玲瓏的曲線。

一屋子的青煙繚繞。減壓，分神，舒緩神經末梢，有時候需要依賴於視覺。

男人的身體上是有開關的，看女人的那根神經起動著他的情感按鈕。他抽著煙，半瞇著眼睛，身體放鬆在沙發上，腦海卻翻騰著一天所經歷的事。他還在被他的一個兄弟的處境所困擾，走私罪成，面臨著牢獄生涯。

心煩意亂中，女人天然妖冶的身體，可令他想入非非，對他而言，能夠舒緩神經。他的目光在她赤裸的身體上，消磨著內心的焦慮不安。

當她從右邊飄窗到左邊的臥室門前走了五個回合後，有一種毫無來由的想哭的衝動。她看見了電視機前的小花貓在擋住她的腳步，正用綠瑩瑩的眼光心疼地看著她，似乎在說：我不要你再走了。「小花貓」她輕喚一聲，停下腳步，淚水也流了出來。

「傻女，哭什麼？」他摁滅手上的香煙，上前，用浴巾重新裹住她的身體，扶她坐在沙發上，說：「我喜歡你妖冶風情的肉體。」她在他帶著濃厚煙味的唇邊，摸索著，手指輕輕地劃出一個又一個的圓圈，很艱難地說：「你能不能……」「什麼？」他像是鷹，調動起渾身的警覺性。「洗手不幹。」她的聲音很小，生怕碰痛他。「我說過少管我的事。」他很抗拒地回應。停了停，他又用緩和一些的語氣說：「有些路，不是那麼容易回頭。」半晌，他的聲音出來，陰冷冷的，令葦雨不敢再問。

他習慣性地又伸出少了一截的小拇指給她看，說：「為了生活。」這句話，她好像在膠叔那裡也聽過。他還可以說出他們的誓章和綱領，但他沒有說下去，她也吞回唇邊還想

說的話語。

她感到身體很冷，他用了一個晚上，捂熱了她。

倆人的腦海都盤旋著同一個計劃，只是都不說出來，害怕一說出口就失靈

他放貸追債的活兒會去做，涉毒賭之類的事情也會幹，出身入死，也只不過是一個馬仔角色。替人擦槍走火的事做多了，也就忘記了什麼叫做危險了。他對她描述自己的作為時，只用驚險來形容幹過的那些事，其他相關的內容免談，底細抖出的愈多對自己愈危險，還會令她擔驚受怕。

他習慣於背光的生活，以前大多是早十出晚十歸，行動潛伏在她的警覺線之外。自從她搬進來住，他改變了自己的出入時間，每晚回家的時間已提早了很多。他的睡眠淺，時時在一種一翻身便可逃離的預備狀態。

她以為他會起居無常，想不到他的生活帶有規律性，只是少不了一些神秘色彩。他很虔誠，相信由宿命搭建出的運程。他有一個習慣，每結束一個星期，便會取出一個白色的陶瓷盅，搖一次骰子。那骰子是純金打造的，比一般常見的骰子大一些。

這是屬於他的生活儀式，在周日晚上臨睡前舉行。他先靜默一陣子，然後搖骰子，再讀數。他根據搖出的骰子上的數字，來決定一週內的行動方案。

他還做不到許多的事情做過了就拍拍手那般瀟灑，糟糕的是他的良心會摻和進去，內心就會變得焦慮不安。幹這一行，若不能擺出六親不認的架勢，便會自我折磨得厲害。他喜歡女人的曲線。他鷹一樣的目光緊盯著她的裸體，投射出內心的惶恐和不安。

江湖中的制勝之道，他相信由敏捷擊領出的雷厲風行，一隻小鳥在天空中可以撞毀一架飛機，這叫做速度的殺傷力，但他更相信運氣。午夜回溯，糾纏他思緒的都是些在弱肉強食中延續不斷的紛爭，搏鬥，糾纏緊了，他會有惡夢，

他每做成功一件自以為是的大事，就會往白色的陶瓷盅內投放一顆黑色的玻璃球，搖殼的時候再把它們倒出來。十三，是他眼中敏感的數字。他已做了十二件計劃中的大事，打算再做一件，如果成功，便會拿出決心考慮眼前這個女人苦口婆心的勸說，和她一起隨移民潮漂流海外。他正擬定著一個新計劃，沒有說給她聽。計劃和夢境一樣，一旦說口出就失靈，對這一點，他深信不疑。

「不管欠下誰的，都是要還的。」他說。「我欠了我老爸的一筆債，不知誰來追數？」

她斷斷續續地聽他講述過他的父親，然後在腦海拼出一個完整的故事情節。在他十三歲

時，有一天他向父親要零花錢遭到拒絕，痛苦地喊出：「你好窮呀！窮得氣走自己的老婆，還會氣走自己的仔。」患有心臟病的父親聽了兒子的哭喊，氣得身體發顫，一口氣沒有緩過來，便栽倒在地。他一直覺得自己是讓父親離世的間接殺手，負罪感令他長期迷失自己。記憶中的父親走的那一天是十三日。

她以為只有自己在領受著生活的煎熬，誰知他比她更加惡夢縈懷。每晚像例行公事般，她赤裸著自己的肢體去迎合他的趣味，用這種方式幫助他減壓。

「你可以不用上班。」他想說服她不要外出工作，但沒有成功。她比誰都知道女人工作的重要性。就這麼約定了——一樣，她上班，他每天開車不是接就是送。

「他的車牌號碼是多少？」終於，她等來了最想聽到的一句話。他這一問，不用明說，她就知道在問誰。這是一串碾壓她記憶中的數字，那個人的名字連同形像隨時都會在她的內心形成風暴。

因為沒有用心記過，她對吳生車牌號碼的中間一個數字不能肯定。她想到了他的車輛出入的可能性最大的三個地點。

她慢慢意識到，她和他都活在天地間的某種暗示中

城市又進入了新一年的雨季，這天雨下得很大，她以為水筆仔會早早來接他，可是她收到他的訊息，說今天有事不能準時回來，他讓她自己搭車回去。

這段時間，日子一直陰沉沉的。生活中的不順，像是一根藤上的瓜，結滿了無助和無奈。甜嬸的忌日，禾叔走了。這個消息，是湯包電話告訴她的。禾叔生命中的最後時光，都是湯包在照顧。

湯包打來電話，希望和葦雨見見面，說是禾叔留下了平安紙，在他那裡，其中涉及到的那座半坡上的房屋的房產，和葦雨有關，他希望見面和她詳談。但葦雨的心思不在上面，她像是有所逃避般，拚命想躲開與平安紙與房產相關的話題，在她心目中，這都是些無底的黑洞，甜嬸跌進去過，她不想重複甜嬸所走過的路，沒有回應湯包的電話。

她跑去搭地鐵。車廂內一人一手機，低頭各玩各的，誰也不認識誰，也不必去理會誰。地鐵的電視屏幕上，時不時閃現一些廣告或新聞。她看到在普法教育的講台上，出現了一個熟悉的身影。

「講法？他都能登臺講法？」她第一次看到不擇手段也可以讓人成功。吳生的影像伴

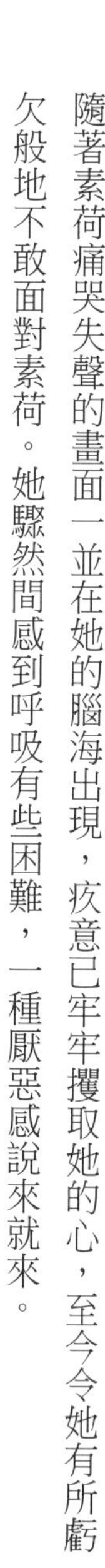

隨著素荷痛哭失聲的畫面一並在她的腦海出現，疚意已牢牢攫取她的心，至今令她有所虧欠般地不敢面對素荷。她驟然間感到呼吸有些困難，一種厭惡感說來就來。

心情陰晦的時候，似乎走的都是狹窄的道路。痛苦的心情，只有在怨恨中可以得到慰藉。

她出了站，去了這段時間總想抽空去的一個地方。她已經是第三次來到這裡，這是一個通往新住宅區車庫的必經路段，從主車道叉入，道路狹窄，車輛行駛該處都會放緩速度。三年前，她曾陪吳生看樓來過這裡，他的計劃是住更大的屋。

早上的一場大雨，令路邊低窪處的積水還在。天空飄著些細雨，她拿著傘，卻沒有心思撐開，不想讓傘擋住自己的視線。路面上，有一隻被車輪輾過的老鼠，鼠皮貼緊地面，污染出一片齷齪。罪孽，總是消失得那麼緩慢。

終於，她看到了她熟悉的銀色車輛，她辨認著它車頭的車牌號碼，然後上前幾步晃動著手臂想引起車主的注意。車輪慢慢從她面前向前滾動了兩三圈後，停了下來。隨著車窗搖下，吳生的半張臉露了出來。

「是有事，還是找事？」他換了新的眼鏡，面頰上的肌肉繃得有些緊，但努力在堆積出笑容。他的似笑非笑的面孔勾勒出的形象，像是張貼般緊貼她的視覺。

「想看清你。」她用手臂抹了一把額頭上的雨珠。厭惡之情以從未有過的速度漫上她的面頰。「不要擋我的道。」很快，他的眉頭皺了起來，剛露出的半張臉，又被他搖上的車窗遮擋了。「擋道？是你擋別人的生路。」她去拍打他的車窗。

他想說你這點能耐想和我鬥？但還是什麼也沒說。

他迅速倒車離開她，然後故意一個急拐彎，駕駛的車輛從她右側低窪處的積水中飛馳而過，涮地一聲，泥水濺出，甩了她從頭到腳一身的泥水。

她發現自己成了蹩腳油畫中的纏著頭飾的女巫，自己都無法識別現在的自己。據說真正的女巫血液中流淌的都是妖術。她很希望自己能成為女巫，這是很奇怪的一種想法，只是令她不知道自己施的咒顯的是甚麼靈。她看清了他車尾的車牌號碼，極像禽獸的獠牙。

她的目光追擊著他的車輛消失的地方，有一團霧氣在飄升，越來越大，慢慢聚攏，形成黑色的旋風捲向她。「黑洞！」好像有驅動器令她的第一個反應便是轉身跑出路口，再朝向地鐵站的方向狂奔。

耳邊有怪異的聲音呼嘯而來，她感到身後涼嗖嗖的，背後有東西在追趕著自己，她在躲她在逃，她不敢回頭看。她氣喘吁吁地跑入了地鐵站，身後的冷氣和聲音也隨之消失了。這時她才敢回頭，除了看到路上來往的車輛，並沒有其他異物。她發現自己的雨傘跑丟了，還好，手機躺在手袋中。

地鐵車廂正在打開，一瀉而出的人流在分散她的視線。她想快步踏入車廂，突然間兩腿發軟，一腳踏空。疼痛，從腳底蔓延到整條腿，迅速膨脹、擴散，擠走了她的叫喊聲。她感到右腿上的皮膚瞬間充了氣一般掛上了一個小燈籠，罩住了她的痛覺。

她判斷不了自己的身體是在下沉還是向上浮升。有手在拽住她的身體不往下沉。眼前晃動的人影就如夜晚森林前的螢火蟲，忽明忽暗。

她右腿掉入月台和地鐵之間的縫隙中，肌肉被推向高處，最初的疼痛都消散在她無知覺的睡夢中。她連驚帶傷，躺在牀上，兩天兩夜後才睜開眼睛。昏昏沉沉中，她憶起她的腿是被地勤人員協助拉出的，水筆仔第一時間趕到。因為沒傷到筋骨，她堅持不去醫院，重要的是水筆仔在，他是她的止痛消炎藥。

水筆仔用藥綿、熱敷為她療傷，一直等候在她身邊，一見她醒來，便問：「腿還很痛嗎？」葦雨已睡了一覺，而他幾乎兩夜未眠。她伸出手去抓住他寬厚的手，想把自己的情意揉入他的手心。

「你懂醫術？」她撫摸著已經恢復知覺的右腿。

「皮毛，久病成醫，不懂一點，自己的傷痛如何治？」他伸出一隻手背上有疤痕的手在她眼前晃了晃，她看到的是他額角的傷痕。

小花貓見她醒來，便跳上床，偎著她，用爪子去撩開她額頭的亂髮。她親呢地撫摸著牠。她滿足於現在這樣的時光，有人關懷，有寵物陪伴，這就是她心目中想要的生活的樣子。

他把煲好的花膠豬蹄湯端給她湯，說是對皮膚康復有幫助。這也是在他小時候母親喜歡做給他喝的湯。

她的整條腿恢復正常，是在一個月後。右腿內側留下一道很長的擦傷的疤痕，腿部也顯得不那麼光滑。她對他說：「我的腿變形了，很難看。」他回應說：「傻女，這不影響你在我心中的靚女形象，女人的美，需要男人鑒定。」他的眼神幽幽的，流轉間，注滿情意。

接下來的幾天，他比往常提早回家。進屋的第一個動作便是坐在沙發上，點燃一根香煙，便雷打不動地雙眼緊盯著電視屏幕，最能抓住他眼球的是當天的新聞。他抖煙灰的手

指，極像在彈撥著吉他的琴弦。

「今日市區發生汽車相撞事件，一輛平治私家車被迎頭撞擊截停，兩匪刀斬私家車主後開車逃離現場。警方接報趕至，沿途兜截匪蹤，其後拘捕一名懷疑涉案男子。據悉這是黑幫……」

這晚，電視新聞中的聲音，飛蟲般鑽入她的耳膜，有轟鳴的感覺。她側頭想跟他說點什麼，只見他正瞇著的雙眼，寒颼颼地橫掃著電視屏幕。

他吐著嘴裏的煙霧，這個時候，就算跟他說話，他也不會搭理的。他原本話就不多，行為也簡單，此刻，他冰冷的目光，像是在穿越厚厚的冰川。

她聞到了肉焦味，連忙彈起身體，幫他拍掉了手頭上的香煙，然後用冰毛巾幫他捂住灼傷的指頭。

這晚，他不再看她裸身走動，而是把她摟得很緊，有一句無一句講述的都是他父親的故事，鬱鬱地說：「我是我父親眼中的衰仔。」說時，他去撫摸她的面頰，觸到了淚水。

「你是我眼中的好男人。」她說完，扭動著嬌柔的身體，給予他一個女人能夠給予的溫存。他像是啜吸夢幻奶昔中的珍珠丸子般，啜吸著她的淚水。

人生中的所有問題，到最後，命運給出了答案

這仲夏的夜晚，全靠空調散熱。緊閉的門窗，阻隔了窗櫺被暴雨敲打出的淅淅索索的響聲。

水筆仔一連兩天未歸，只給她發送過一次短訊，讀一次，已令她神思恍惚，聚集不了身上的力量去讀第二次。屬於他的世界，已對她啟動了靜音模式。

她站在窗邊，飄窗上的檯面上的玻璃煙缸裏，堆滿了煙蒂，昨晚還在裊升的青煙已燃燒成灰燼。看得出等她入眠後，他起身依靠在窗邊抽煙，那沒有拉開的月白色的簾幔上面還殘留了一些他的味道。

她不斷去翻找他留下了什麼珠絲馬跡。枕頭下，抱枕旁，她都翻找了一遍。她看到他特意擺放在桌面上的兩個帳本，都提前做了清零處理，帳戶中的幾十萬存款全被他轉帳去了同一個他人的帳戶，沒有欠債，他清空了自己。

她倒出他白色陶瓷盅內的珠子，數了數是十三粒。

這時，電話響起，是一個無號碼顯示的電話，對方聲音有些沙啞：「他在我這裡，精

神出了些問題。我是他大哥，知道怎麼去幫他。你就不要再找他了。」說完，電話就掛斷了。

她無法撥回去。生活就這麼在一瞬間，破碎出了玻璃的聲響。真相被水筆仔帶走了。她的眼中浮現出當年膠叔走時甜嬸的那份無助，這世上無論發生什麼事情，真正的苦痛都甩給了知情者。

她越怕黑夜的來臨，黑夜就越要守在她身邊似的，一個接著一個的長夜。她無心去工作，向老闆再次告假，老闆趁機讓她失去了工作。

周邊的一切都像是用碎片拼湊出來的圖案，虛假虛偽虛擬，巨大的心理隱影籠罩著她。世界並不完美，她才去想像它的完美，如果連完美的世界都想像不出了，屬於她的世界不管以什麼方式存在，對她來說已沒什麼意義了。她的目光一次次從電視屏幕上移開，當想到法律都被人逢場作戲時，電視屏幕上跳動的似乎都是些馬戲團的表演。

陽台上的捕蠅草因為她的澆灌，蔥蔥綠綠地生長著。她渴望順境，來拯救她岌岌可危的生存意念。

湯包的電話還在催促她。

她又來到老樹下。事隔多年，洞口還在，裡面有關傷痛的故事，已溶入老樹生長的年輪。禾叔走了，還有誰會把寫好的故事放進洞裡？那些文字能在洞裡生根發芽嗎？她怎麼總覺得生活中也有大大小小的洞口，生活中埋伏的風險和傷痛，以黑洞的方式隱形存在。

她遠望山坡上的那幢小樓，就像在看一座廢墟。

甜嬸在自己頭腦清醒的時候，已立下遺囑，房產權全部歸禾叔所有。大概是情感上的一種虧欠，以這種方式歸還，還有一種可能，應該是堅哥的絕情令她有所醒悟，以免自己過身後因為房產又起事端，具體交待了些什麼？只有禾叔知道。那禾叔怎麼會把房產又轉讓給了湯包？不管這裡面寄托了什麼樣的良苦用意，都是萬般沉重的。

這幢小樓，建築出親情，又分裂開親情。法律，始終是這幢小樓房產存續背後的隱形人，像是在關注著它，又像是在覬覦著它，風風雨雨中見證過從它那裡進進出出的兩代人。

湯包在電話中說，他將帶素荷去海外生活，房屋的產權，葦雨更適合繼承，他想約葦雨律師樓簽字，他希望禾叔房產權經過法律簽署的程式，最後能轉讓到葦雨手上。

當法律的輪子經過這麼一大輪勞命傷財般的大滾動，小樓最終可能到手時，葦雨卻不願接受。她感覺這小樓明理暗裡都注滿了不幸的符號。當感到自己的心在下陷，再去看那

房子，覺得它也在下陷，她無心再去爭取。

睡夢中的女人醒來後，大多還希望回到睡夢中去，因為發現現實無法安放自己。

這是凌晨五點，這裡天亮得早。小花貓很懂事地一早醒來，睜圓眼睛緊盯著她的舉動，不時去舔舐她露在冷氣被外的手背。如果讓牠開口說話，一定會說出：有我陪你啊，不要怕。

外面的雨霧很大，密集的高樓都罩在雨霧中，灰矇矇的一片。

她把花貓帶到附近的一家公園。平時有空的時，她都會帶小花貓到這裡來蹓彎。她想把牠放在亭子的座位上，可是牠的爪子勁抓住她的衣袖不放，似在哀求：繼續收留我呀，不要丟下我！

她嘗試來到草地上，蹲下來，邊用手指輕輕為花貓捋毛，邊把牠放下，然後領著牠跑了兩圈。趁花貓不留意，她像躲開一個孩子一樣，躲在亭子的一根柱子後，悄悄看到小花貓喵喵叫著在找她。

她無力地靠著柱子上，雨霧濡濕了她的頭髮。有淚水在她臉上滑落，她沒有擦拭。

「我究竟在做什麼？」她問自己。她想去一個很遠的地方，她在跟她的小花貓道別。

等她回到樓上，在門口竟然看見了小花貓，一身濕濕地睜著迷矇的眼睛在看她。牠是怎麼上來的？她走上前，心疼地抱起小花貓，用衣袖掃著牠毛上的雨水，臉貼近牠柔軟的身體，說：「小花貓，我們在一起，永不分開。」

尾聲

這天是個節慶日，外面很熱鬧，整個世界都在唱頌聲中。新一屆奧運會的門票早已售罄。世界上載歌載舞的歡呼聲一波接一波。

她重新下樓，抱著小花貓。她開著水筆仔的車，上了路。

她把小花貓放在自己的座駕旁邊，時不時伸手去撫摸牠。小花貓像守護神一樣乖乖地緊著偎牠的主人。牠是有靈性的，正睜著綠瑩瑩的眼睛看著她。她一身寶綠色的裙裝和牠眼珠的色澤一樣。

等到愛自己的人離開，在愛的絕望中，她感覺出生命底色的荒涼。世界對她來說沒有了色彩，只因她對世界已無動於衷。

她刪除了手機上所有的資料，只留下水筆仔發送的信息，一句句化作溫馨的話語。窗外的景物如風般飄過，她的心在和他展開對話。

我走了，不回來了。

你去了哪裡？為什麼不帶我一起走？

你是我最喜歡的女人，我們來世再好好相愛。

我就想在今生握緊你的手，不和你分開。

我的錢全都用來幫那個進差館的兄弟了，他還有要上學的孩子，我沒有為你留下什麼。

在這個世界上，你把有情有義留給了我。

此生欠你的，我來生還。

你不欠我的，你為我賠盡了你的所有。

傻女，要記得自己煲花膠豬蹄湯照顧好自己呀！

水筆仔，記得回來呀！我煲濃濃的花膠豬蹄湯給你喝。

她想起水筆仔說過的話：就算你一生再小心，不想踏錯船，可是總有不受你控制的突發事件，掌握著你全部的人生，如果它不放過你，你所有的努力都是零。

車上的雨刷，不斷地在掃著雨水，自己要到哪裡去？沒有人為她指路。她隱隱約約看見前面的路口，有一個帥氣的少年在向她招手。她的車向著白霧彌漫的前方飛速駛去，那裡有一個吉他少年在彈唱，他的歌聲在風中飄揚：

把雲彩交還給藍天，
把浪花交還給大海，
把我的心交還給你。
最深最深的愛，
不小心被我打碎，
風要我還雨要我還。
風雨飄搖中，
傾盡一生所有，
都抵償不了一個還……

國家圖書館出版品預行編目資料

黑白情緣 / 露西著, --初版-- 臺北市：博客思出版事業網, 2024.01
面； 公分--（現代小說：10）
ISBN 978-986-0762-74-7（平裝）

857.7 112022643

現代小說 10

黑白情緣

作　　者：露西
編　　輯：盧瑞容
美　　編：凌玉琳
封面設計：陳勁宏
校　　對：楊容容　古佳雯
出 版 者：博客思出版事業網
地　　址：台北市中正區重慶南路1段121號8樓之14
電　　話：(02)2331-1675或(02)2331-1691
傳　　真：(02)2382-6225
E—MAIL：books5w@gmail.com或books5w@yahoo.com.tw
網路書店：http://bookstv.com.tw/
https://www.pcstore.com.tw/yesbooks/
https://shopee.tw/books5w
博客來網路書店、博客思網路書店
三民書局、金石堂書店
經　　銷：聯合發行股份有限公司
電　　話：(02) 2917-8022　傳真：(02) 2915-7212
劃撥戶名：蘭臺出版社　帳號：18995335
香港代理：香港聯合零售有限公司
電　　話：(852)2150-2100　傳真：(852)2356-0735
出版日期：2024年 2 月 初版
定　　價：新臺幣 280 元整（平裝）
ISBN：978-986-076-274-7